KB077770

직지

아모르 마네트
Amor Manet

직지

아모르 마네트

Amor Manet

1

김진명 장편소설

쌤앤파커스

직지直指.

바로 가리킨다는 뜻이다. 이 직지의 본래 명칭은 '백운화상초록 불조직지심체요절白雲和尙抄錄 佛祖直指心體要節'로, 백운화상이 편찬한 마음의 실체를 가리키는 선사들의 중요한 말씀 정도로 해석될 수 있겠다.

직지는 고려 말인 1377년에 청주 홍덕사에서 상·하 두 권으로 인쇄되었는데 현재 하권만이 프랑스 국립도서관에 보관되어 있다.

다행스럽게도 이 직지에는 '1377년 청주목 홍덕사'라고 인쇄된 연도와 장소가 찍혀 있어 인류는 그전까지 구텐베르크의 발명품으로 알려져 있었던 금속활자의 진실을 제대로 알게 되었다.

하지만 이것이 전부가 아니다.

최근 눈을 번쩍 뜨게 만드는 주장과 증거들이 잇달아 제기되었는 바, 이 지식들의 포커스는 직지가 구텐베르크에게 전파되었다는 사실에 맞춰진다. 이러한 문제 제기 중 먼저 살펴보아야 할 것은 최근 떠오르고 있는 교황 요한 22세의 편지다.

사실 국내에는 잘 알려지지 않았지만, 바티칸 수장고에는 1333년 교황이 고려의 왕에게 보낸 걸로 해석되는 편지가 보관되어 있다. 일단의 유럽 학자들은 양피지에 쓰인 이 편지의 수신인 '세케'를 충숙왕이라 해석하며, 이미 고려시대에 교황청과 고려 사이에 왕래가 있었다는 주장을 펴고 있다.

요한 22세의 이 편지가 직지와 관련해 주목을 받는 이유는, 직지가 구텐베르크의 금속활자 이전에 유럽으로 전파되지 않았을까 하는 가능성 때문이다.

이에 대해 구텐베르크 박물관 측을 비롯한 독일 학자들은 직지와 구텐베르크의 금속활자는 제조방법이 아예 다르다는 주장으로 그 가능성을 원천적으로 차단하고 있다.

하지만 최근 미국, 영국, 프랑스의 학자들은 직지가 구텐베르크에게 전파되었을 가능성에 무게를 두고 있다. 특히 직지의 인쇄면과 구텐베르크 성경의 인쇄면을 전자현미경으로 직접 비교한 결과는 놀랍기 짝이 없다. 구텐베르크의 성경에 직지의 활자주조법 특징이 그대로 나타나고 있는 것이다. 이런 사실적 근거 위에서 나는 오래전부터 유럽에 전해오는, 금속활자를 전했다는 동방의 두 승려 이야기에 역사적 상상력을 더해 직지가 유럽에 전해지는 모습을 생생하게 그려냈다.

나는 종종 최고의 목판본 다라니경을 비롯해 팔만대장경, 조선왕조의궤, 조선왕조실록 등 기록의 보관과 지식의 전파에 앞장섰던 우리 문화재들을 떠올려보곤 한다. 하나같이 세계 최일류이자 범인류적 문화유산들이다. 특히 나는 최고最古의 금속활자본 직지, 세계의 언어학자들이 꼽는 최고最高의 언어 한글, 최고最高의 메모리 반도체를 대한민국의 3대 걸작이라 정의하고 싶다. 그리고 한국문화가 일관되게 인류의 지식혁명에 이바지해왔다는 보이지 않는 역사에 긍지를 느낀다. 지식의 전파를 통한 전 인류의 동행이라는 메시지는 바로 우리 문화의 정체성인 것이다.

탈고의 기쁨을 세명대학교 권동현 부총장과 함께한다.

2019년 여름, 프랑스 아비뇽에서
김진명

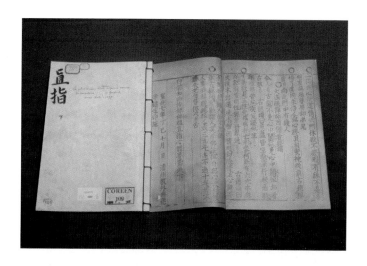

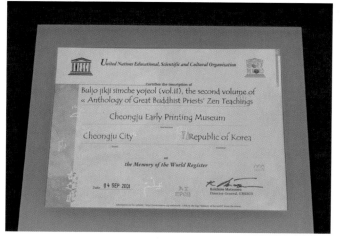

위 | 현존하는 세계 최고最古의 금속활자본 《직지》
아래 | 유네스코 세계기록유산 등재 인정서

위 | 주물사주조 방식으로 금속활자를 복원하는 모습
아래 | 활자가지쇄

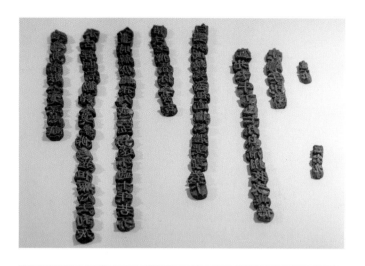

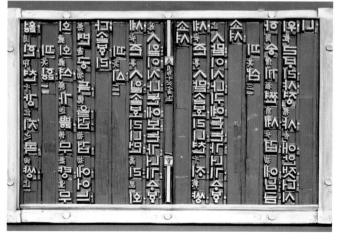

위 | 완성된 금속활자
아래 | 훈민정음 창제 직후 간행된 최초의 한글 활자본인 《월인천강지곡》

위 | 구텐베르크 초상화
아래 | 구텐베르크의 인쇄소 풍경을 그린 19세기 그림

차례

낯선 살인

"흐흡."

기연은 급히 손으로 입을 틀어막으며 고개를 돌렸다. 점심을 먹은 지 얼마 되지도 않은 시각이라 하마터면 위에 담긴 음식을 모두 게워낼 뻔했던 것이다.

우우 이건.

사회부 기자 생활을 시작하고 나서 살인현장이라면 일부러라도 죽자고 쫓아다닌 기연은 이제 어느 정도 유혈이 낭자한 현장이나 훼손된 시신에도 자신감을 내보여왔다. 하지만 지금 이 현장은 이제까지의 경험과는 차원이 다른 잔혹과 엽기의 끝판왕이었다.

폴리스라인을 넘어 방에 들어섬과 동시에 역한 피비린내가 코를 찔러왔을 때도 기연은 숙녀의 제스처인 양 일부러

미간을 약간 찌푸렸을 뿐 기계적으로 발걸음을 내디뎠다. 또한 바닥에 응고된 핏덩어리 속에 반쯤 묻힌 게 사람의 몸으로부터 잘려 나온 귀때기라는 걸 확인했을 때조차 기연은 고개를 끄덕이며, 현장이란 으레 그런 거잖아 하는 표정을 지을 수 있었다.

하지만 책상 옆 방바닥에 널브러져 있는 뼈 부스러기며 내장 조각에 이어 흉곽이 함몰돼버린 시신이 망막에 잡히는 순간 기연은 자신도 모르게 눈을 질끈 감아버렸다.

식도를 타고 거꾸로 치밀어 오르는 토사물을 가까스로 눌러내고 있는 기연과 시선이 마주친 종로경찰서 강력계 박 반장 역시 신산한 표정으로 고개를 절레절레 흔들었다.

"김 기자 귀신같이 찾아왔스라. 어느 먹 잡힌 놈이 일러바친가 몰라도. 근디 30년 넘도록 살인현장을 봐왔지만 요로콤 속이 팍 뒤집어지는 건 처음이지라. 김 기자도 견디기 힘들 것이요."

뭐라고 대답을 하면 꾹 누르고 있는 위의 내용물이 토출될까 봐 기연은 말없이 고개만 끄덕였다. 하지만 이내 기죽은 모습을 보여선 안 된다는 강박관념에 기연은 억지로 시신에 한 걸음 다가섰다.

"별별 시신 다 봐왔소. 찔린 거, 썰린 거, 토막 친 거, 태운

거, 터져나간 거, 별 희한삑적지근한 거 다 봤지만 요런 건 보다 보다 첨이지라."

거무튀튀한 피부에 얼굴이 약간 얽은 강력반장은 산전수전 다 겪어낸 오랜 경력에도 불구하고 커다란 충격을 받은 표정이었다. 여기자인지라 경찰서 직원들에게 기가 눌리면 끝이라 생각해온 데다 자존심이 유달리 강한 기연은 고개를 돌리고 남몰래 숨을 한 번 크게 들이쉰 다음 돌연 여보란 듯 핏덩어리 시신을 향해 허리를 굽혔다.

"지금 말한 것 중 어디에 해당되죠, 이 시신은? 찔린 거? 잘린 거?"

"찔리고 잘렸는디 희한한 게 하나 더 있구마."

"희한한 거라면?"

"빨렸소."

기연은 시신을 설명하는 표현으로는 전혀 쓰이지 않을 것 같은 이 이상한 용어에 낯섦을 느끼며 눈길을 시신의 목으로 돌렸다.

"아아, 이건!"

놀라운 일이었다. 귓구멍에서 약 7센티미터 아래 목 부분에 네 개의 구멍이 나 있었고, 그 구멍들의 가장자리에는 시커멓게 피가 엉겨 붙어 있었다. 자세히 보니 응고된 핏덩어리 위로 사람의 입술 흔적이 남아 있어 놀라움은 더해졌다. 목에 남아 있는 이 입술 증거대로라면 누군가 시신의 목에 입을 들이대고 물었다 생각할 수도 있을 것이었다.

"물렸나요?"

"온전히 물린 게 아니라 빨렸다니께."

"왜 자꾸 빨렸다 하죠? 무얼 빨려요?"

무의식적으로 반문하고 난 기연의 입술 사이로 이내 한 마디가 툭 새어 나갔다.

"피?"

"그라지라."

"이게 짐승의 이빨 자국인가요? 아닌데, 분명 사람의 입술이 찍혀 있잖아요."

"백 프로 사람 이빨이여."

"그럼 사람이 시신의 목에 입을 대고 피를 빨았단 말인가요?"

"과학수사 하는 아들이 그라두마."

"그럼 이 네 개의 구멍은 사람의 송곳니 자국이에요?"

강력반장은 고개를 끄덕이며 손가락으로 구멍을 가리켰다.

"가들 말로는 단순히 물었다면 이 송곳니 구멍 사이로 앞니 자국이 가지런히 나야고 송곳니 바깥쪽으로도 어금니 자국이 몇 개 나얀다지라."

기연은 사람의 목을 문다 생각하며 입속에서 이를 움직여 보았다. 과연 뭔가를 물 때 송곳니만으로 물 수는 없겠다는 생각이 들었다. 얕게 문다면 앞니로 물게 되어 있고, 깊게 문다면 송곳니와 어금니까지 쓰이게 마련이었다.

"송곳니만 남으면 피가 빨린 거라는 거예요? 아무리 해봐도 남의 목에 송곳니만 남길 수 있을 것 같지는 않은데. 한번 해보세요."

기연의 말에 반장도 입속으로 이를 움직여 사람을 무는 시늉을 하고 난 뒤 고개를 갸우뚱했다. 감식 전문가가 현장에 출동해 내린 결론이니만큼 존중하지 않을 수 없지만, 사람이 사람의 목을 물어 피를 빤다는 게 과연 있을 수 있는 일인가. 아니 인간의 치열을 가지고 타인의 목에 송곳니 자국만을 남길 수 있는 것인가.

기연은 거친 말투로 이의를 제기했다.

"과학수사 하는 놈들은 만날 부검만 하다 보니 피에 굶주렸나 봐요. 드라큘라도 아니고 사람이 사람의 목을 물고 피를 빨다니."

여러 번 치아 시뮬레이션을 반복해 심정적으로는 기연에게 동조하지만 과학수사의 위력을 누구보다 잘 아는 반장은 쓸쓸한 표정으로 웅얼거렸다.

"감식반 아그들이 그러하다는데야……."

기연은 고개를 가로저었다.

"수아레스니 타이슨이니 하는 무지막지한 놈들이 분을 못 참아 사람의 귀를 물어뜯은 적은 있지만 그건 어디까지나 물었다는 거잖아요. 무는 것과 피를 빠는 건 하늘과 땅 차이예요. 저는 태어나서 지금까지 영화나 만화가 아닌 백주 현실에서 사람이 피를 빨았다는 얘기는 한 번도 들어본 적 없어요. 반장님은 들어봤어요?"

"없지라."

"우리 둘, 아니 여기 있는 모든 사람이 평생 한 번 겪어보지도 들어보지도 못한 사실을 받아들이라는 건데 그게 말이 돼요?"

"나도 첨이긴 한다……."

반장은 자신도 믿기 힘든 사실에 대해 가타부타하는 게 내키지 않는지 파고드는 기연의 눈초리를 슬쩍 피해버렸다.

"뱀파이어의 출현인가……."

기연은 애써 여유를 가장하며 고개를 숙여 목덜미를 자세히 살폈다. 입술 자국 안으로 송곳니가 파고든 걸로 보이는 네 개의 구멍 말고는 달리 앞니나 어금니 자국이 없었다. 기연은 다시금 입속으로 무언가를 무는 동작을 반복해보았지만 물었든 빨았든 앞니나 어금니 없이 송곳니 흔적만을 목에 남긴다는 건 불가능해 보였다.

게다가 또 하나 이해할 수 없는 것은 네 개의 구멍이 가로세로 간격을 맞추어 너무도 정연하게 나 있다는 사실이었다. 비록 피가 엉겨 붙었으나 네 개의 구멍은 마치 자로 재어 사각형의 네 꼭짓점을 뚫은 것처럼 가로세로의 간격을 일정하게 유지하고 있었다.

"게다가 사람의 치아로 이렇게나 균일한 자국을 낼 수 있을까요? 도저히 받아들이기 힘든데요."

"이해가 안 가는 건 나도 매한가지여. 그런데 그 구멍들이 사람의 입술 자국 안에 나 있으니 안 믿을 수 있간디."

"그냥 스친 정도를 가지고 그 사람들이 과장해서 얘기한 것 아녜요? 피 묻은 입술 자국은 아무 경우에나 생길 수 있잖아요."

"그 친구들 야그는 이 입술 자국이 그냥 묻은 게 아니라 찍혀 있다는 거랑께."

"찍혀 있다니요?"

"아, 여기 좀 보소. 피가 엉기긴 했어도 자세히 보면 피부가 쪼매 들어가부렀잖소. 산 사람 피부는 금방 복원이 되지만 시신은 다르지라. 누르면 누르는 대로 푹 들어가 다시 튀어나오지 않으니께. 여기 보다시피 이 입술은 밀가루 반죽에 찍히듯 찍혔잖소."

반장의 말을 듣고 보니 비록 단차가 그리 크진 않으나 입술 자국은 정말 도장같이 입체적으로 찍혀 있었다.

"이건 피부가 탄력을 다 잃은 후에……."

"그라지라. 범인은 피살자를 죽이고 난 다음 입술을 들이대고 피를 빨았다는 거여."

거듭 확인해봐도 입술 자국은 와이셔츠에 루주 자국 남듯 단순히 피부 표면에 묻은 게 아니었다. 분명히 단차를 내며 패어 있어 입술에 상당한 힘이 가해졌다는 걸 알 수 있었다.

"이 정도면 스친 건 분명 아니네요. 이미 죽은 사람의 목에 입을 대고 피를 빨았다니, 엽기도 이런 엽기가 없는데. 근데 아까 찔렸다고 했는데 그게 직접적 사인인 모양이네요? 어디를 찔렸어요? 가슴이요?"

기연의 눈길이 검붉은 피가 잔뜩 엉긴 시신의 가슴께로 더듬어 내려갔다.

"여기 왼쪽 유두 아래 피가 잔뜩 엉겨 있는 부분이 염통이지라. 이 염통을 엄청 강한 힘을 가진 흉기가 그대로 밀고 들어가 몸을 관통해부렀소. 등 뒤로도 요로콤 구멍이 뚫렸잖소. 요 바닥에 쪼매 떨어진 게 염통 쪼가리요."

두껍게 피가 엉겨 마치 떡처럼 굳어 있는 형상을 보며 반장은 연신 무슨 의미인지 딱히 알 수 없는 고갯짓을 해댔다.

"살해도구는 칼인가요?"

"칼보다는 겁나 큰 거라야 이 관통상과 매치되지라."

"그럼 뭐 연장 같은 거네요?"

"허허, 참."

반장은 어이가 없다는 듯 헛웃음을 날렸다.

"왜요?"

"과학수사 하는 아들 말로는."

반장의 목소리에서는 믿고 싶지 않지만 믿을 수밖에 없다는 약간의 자조감이 묻어나왔다.

"창이라는 거여."

"창?"

"그라요, 창."

"호호호호!"

갑자기 기연의 입에서 주체할 수 없는 웃음이 터져 나왔다. 참혹한 살인현장에서 터진 기연의 이 웃음은 이제껏 쌓여온 반발심리의 표출이었다. 송곳니로 목을 뚫고 피를 빨았으며 살해도구는 창이라니. 21세기에 그런 무기가 있기나

한 건가.

"몸을 관통해부렀고 관통창이 둥근 걸로 봐서는 흉기가 칼이라든지 그런 작고 날 선 건 아니요. 과학수사 아들 얘기가 아니더라도 이렇게 엄청난 압력으로 가슴을 밀고 들어갈 수 있는 살해도구는 창이라든지, 최소한 끝이 땅에 푹 박히는 깃대 같은 거여."

기연의 머릿속에 자루가 달려 있는 매우 뾰족한 살인무기의 윤곽이 그려졌다. 믿기 어렵지만 그건 바로 창이었다.

"단번에 사망했을까요?"

살인사건의 경우 범인의 윤곽을 그리거나 사건의 성격을 파악하는 데 가장 중요한 요소는 살해수법이다. 같은 몽둥이로 사람을 때려죽이더라도 한 차례 전력을 다해 머리를 가격한 것과 얼굴을 수십 차례 반복해 때리는 것은 살해동기가 다른 법이다.

마찬가지로 칼도 깊숙이 한 번 찌르는 것과 여기저기 수십 군데를 찌르는 건 분명 살해동기에 큰 차이가 있었다.

"반복흔이 없으니 그렇게 봐야 쓰겄지. 하긴 무시무시한 압력으로 일격에 등까지 확 뚫어부렀응께 반복흔이고 자시고 할 거나 있간디."

"현장의 모습으로 봐서는 살인 그 자체가 목적일 수 있겠는데요."

"우리도 그렇게 보고 있지라. 어떤 강도도 창을 들고 댕기면서 이렇게 무지막지하게 사람을 해하진 않을 것이요. 정황으로 봐서는 살인 그 자체가 목표이고, 솜씨로 봐서는 프로란 얘기여."

"그런 생각을 안 한 건 아니지만 워낙 프로 킬러라는 게 생소하잖아요. 물론 연쇄살인범들은 있지만 개념이 다르고⋯⋯. 혹시 떠오르는 사건 있어요? 프로가 저지른 거라고 딱 내놓을 수 있는?"

반장은 고개를 가로저었다.

"없긴 하지만⋯⋯, 나도 모르게 프로란 말이 입에서 튀어나온다는 말이지라. 평생 이보다 더 세련되고 정확하고 강력한 건 본 적이 없스라. 좀 뭣한 표현일진 모르겠지만 수없는 살인현장을 본 사람 입장에서 얘기하자면 이건 흡사 예술 같구마잉."

돈이든 원한이든 치정이든 살인의 동기와 상관없이 실제 살해수법은 서투르기 마련이었다. 운 좋게 단 한 번에 칼이 심장을 파고드는 경우가 없는 건 아니지만, 거개의 경우 피살자들은 서투른 칼질에 여러 번 찔리기 마련이었고, 따라서 찔린 부위는 난삽하고 시신에는 저항의 흔적이 남는 경우가 허다했다. 하지만 귀가 모두 잘려 나가고 피까지 빨린 이 시신에 가해진 솜씨는 피범벅 속에서도 비교할 수 없는 매끈함을 뽐내고 있었다.

"프로라 생각 안 할 수는 없는데 막상 프로가 저지른 사건이라 생각하면 크게 어긋나는 게 하나 있어요."

반장은 내심 확고부동하게 프로의 솜씨라 믿고 있던 터라 기연의 말에 귀를 곤두세웠다. 사실 이 연약해 보이는 여기자는 웬만한 베테랑 형사보다 현장분석이 탁월했고, 생각지도 못한 꿀팁을 던져 사건 해결에 도움을 주는 경우도 왕왕 있었다. 모든 기자들이 기피하는 살인현장을 죽자고 쫓아다니는 이유가 형사들을 못 믿어서 그런다는 얘기가 있긴 했지만, 지금은 자존심 다 던져버리고 한마디라도 주워 담고 싶은 심정이었다.

"범인이 프로라는 사실과 피를 빨았다는 사실은 서로 매치되지 않는다는 얘기예요. 두 개의 팩트가 어떤 알고리즘으로 연결되든 간에 그 결과가 아주 자연스러워야 참이거든요. 그런데 이 현장은 그렇지 않아요."

"무슨 뒷골 팍팍 땡기는 소리요? 좀 수월하게 얘기하소."

"피를 빼는 청부업자는 없단 얘기예요."

맞는 얘기였다. 청부업자란 돈이 동기이기 때문에 사람을 죽이는 가장 단순한 동작 외에는 어떤 불필요한 행위도 하지 않는 법인데, 귀를 베어내고 피를 빨았다는 건 프로페셔널 킬러와는 너무나 거리가 먼 행위였다.

"어디 한두 개간디, 자연스럽지 않은 일이."

"솜씨는 오히려 영화에서 보는 프로를 능가해요. 여기 현장은 온통 피범벅에 벽이며 천장이며 핏줄기가 뻗쳤지만 발자국은 단 하나도 없잖아요?"

"감식반 얘기로는 범인이 현장 설거지를 완벽하게 했다두만. 피살자가 의자에서 일어나 문 쪽으로 몸을 돌린 상태에서 찔린 땀시 책상 이쪽으로는 피가 억수로 튀었을 거구마잉. 덧신을 신었남……."

"CCTV는요?"

"보다시피 개인 주택이라 동네에 감시장치가 별로 없지라. 이제 큰길부터 주차된 차들을 다 따보긴 하겠지만 어째 느낌으로는 별게 나올 것 같지가 않소."

두껍게 피가 엉긴 가슴과 목에 난 네 개의 구멍에 한참이나 눈길을 두던 기연의 입술에서 한숨이 새어 나왔다.

"이게 도대체 뭐야."

피를 빨린 게 틀림없다는 시신이나, 창이라는 살인무기나, 일격에 등을 관통한 프로의 솜씨나, 귀를 잘라낸 거나, 현장

설거지나, 어느 것 하나 받아들일 수 있는 게 없었다. 그야말로 이제껏 듣지도 보지도 못한 사건 앞에서 기연은 이걸 도대체 기사로 써야 할지 말아야 할지 판단이 서지 않아 고개를 가로저었다.

"어째 예감이 안 좋소. 이건 미제로 가겄스라."

사건현장에서 잔뼈가 굵어온 반장에게도 이 사건은 미스터리일 수밖에 없었다.

"그런데 피살자는 뭐 하는 사람이에요?"

기연의 눈길이 비로소 방 안의 풍경으로 돌아갔다. 피 소나기라도 내린 듯한 방을 빙 둘러싼 책장에는 책이 빼곡히 꽂혀 있을 뿐 장식이라고는 하나도 없는 드라이한 방이었다.

이 사람은 이걸 다 읽었을까 의구심이 들 정도로 빽빽한 책장과 여기저기 널린 책 무더기들을 보며 기연은 필경 여기는 학자의 방일 것이라 생각했고, 과연 짐작은 맞아떨어졌다.

"전직 교수라두마. 고려대학교."

학자, 그것도 전직 교수라는 신분과 차마 눈뜨고 볼 수 없는 살인현장이 도무지 연결되지 않아 기연은 또 하나의 낯섦과 대면해야만 했다. 계획된 살인은 원한이나 복수나 치정 셋 중 하나에서 비롯되는 것이지만, 이 사람은 그 어느 것과도 쉽사리 연결되지 않는 것이었다. 나이로 보아 보복을 부

를 만큼 격렬한 치정에 휩싸일 사람도 아니었고, 전직 교수
라는 사람이 원한이나 돈에 얽혀 이런 참혹한 죽음을 당했다
고 생각하기도 어려운 일이었다.

"가족은 어떻게 된대요?"

"부인과 아들 하나라제. 부인은 여고 동창들과 일본에 놀
러 갔는디 연락을 받고는 혼비백산해 돌아오고 있는 중이지
라. 아들은 미국에서 공부하고 있다는디 부인이 연락했을 거
구마."

분위기로 보아 피살자는 돈, 치정, 원한 외에 유력한 원인
중 하나로 꼽히는 가정불화에 휩싸일 사람도 아니었다.

"그렇다면……."

기연은 어쩌면 이 사람이 돈을 다루는 공부를 했거나 큰
이권이 오가는 프로젝트를 진행했을지도 모른다는 예감이
퍼뜩 들어 책상 위에 놓인 몇 권의 책으로 눈길을 돌렸다.

－《오비디우스》

－《라틴문학의 이해》

－《스콜라 철학》

－《남프랑스》

두껍고 장정이 호화로운 원서로 시간이 많은 퇴임 교수가 소일거리로 읽을 만한 책으로 보였다. 이어 눈길을 돌려 책장에 즐비하게 꽂힌 책들을 하나하나 눈에 담던 기연은 이내 찬찬히 고개를 가로저었다. 교수의 전공은 돈과 얽힐 가능성이 조금이라도 있는 부동산도 석유도 재정학 같은 것도 아니었다.

책장 한편에서 정년퇴임 기념패를 발견한 기연의 눈에 '고려대학교 언어학과 교수 일동'이라는 글자가 들어왔다. 교수는 아무리 이 잔혹한 살인과 연결시키려 해도 절대로 연결될 수 없는 한가한 공부를 한 사람이었다.

라틴어.

방을 꽉 채운 책의 대부분이 보통의 학자들로서는 접할 이유가 없는 라틴어로 쓰인 원서들이었다.

"정말 하나부터 열까지 다 미스터리네요."

현장을 나온 기연은 고려대학교로 방향을 잡았다.

"뭐라고요? 전형우 교수님이 피살되셨다고요? 어떻게 그런 일이!"

피살자의 제자이자 그를 이어 언어학과의 전임이 되었다는 젊은 교수는 기연의 말에 기겁했다.

"학교에 계실 때는 어떠셨어요? 동료 교수들과 다툼이 있었다거나 누군가의 원한을 살 언행을 했다든지 그런 것 말이에요."

"전혀 거리가 멀어요. 있는 듯 없는 듯 그림자처럼 조용하셨지요."

"학설이나 이론을 놓고 학계에서 대립한 일도 없고요?"

"언어학계라는 데가 뭐 그리 학파가 있거나 반대세력이 있는 데가 아니죠. 그냥 조용히 자신의 전공을 연구하는 외에 활동이라 해봐야 해외의 학설을 소개하는 정도예요."

"누군가와 극심하게 다퉜다거나 하지는 않았다는 거죠?"

"네."

"그분의 죽음과 관련해 뭐 떠오르는 것 없으세요? 이런저런 돈 문제 같은 데 연관됐다든지……."

"전혀 없어요. 교수님을 아는 사람이라면 누구나 다 고개를 갸웃할 거예요. 어느 모로 봐도 살인과는 연결되지 않는 분이거든요. 교수님을 가장 잘 안다면 사모님 말고는 전데 정말 어리둥절해요. 피살된 분이 정말 교수님이 맞나요? 전형우 교수님이요. 명륜동 사시고."

"틀림없어요. 제가 현장에서 오는 길이에요. 요즘도 그분과 가끔 연락하셨나요?"

"그럼요. 일주일에 두세 번은 반드시 전화를 드리죠."

"최근에 무슨 변화를 감지하진 못하셨어요?"

"언제나 똑같으셨어요. 온화하고 여유 있으시고."

"특별히 새로 시작하시거나 한 일은 없으실까요?"

"일? 무슨 일이요?"

"뭐든요."

"조용히 책이나 읽으시는 것 외에 따로 무슨 일을 시작하셨다든지 하는 건 없으셨어요."

기연은 차를 돌려 나오면서 연신 고개를 갸웃거리지 않을 수 없었다. 희소한 전공 때문인지 그는 존재감이 거의 없는 사람이었고, 주변 또한 단순해 나이 든 부인과 유학 가 있는 아들 하나가 전부라 돈이든 치정이든 원한이든 연결시킬 건더기가 아예 없었다. 물론 좀 더 주변을 조사해봐야 알겠지만 겉으로 드러난 피살자는 사회적 주목 대상이 아닌 평범한 사람이었고, 그렇기 때문에 프로의 솜씨에 생을 마칠 이유는 전혀 없었다.

라틴어 교수

다음 날 아침, 기연은 평소보다 일찍 집을 나와 원주의 과학수사연구원을 향했다. 현장감식을 한 요원은 기자가 찾아오자 놀라는 눈치였다.

"범인이 피를 빨았다는 주장의 근거가 뭐죠?"

"목에 찍힌 입술 자국이요. 강직이 시작되기 전의 시신은 미세하게 눌러도 쑥 들어가서는 복원되지 않아요. 하지만 그 시신의 경우 입술 자국이 그대로 남았고, 단차가 2밀리 이상이에요. 상당한 압박이 있지 않고서는 입술의 그 연한 살로는 그렇게 층을 만들 수 없어요."

"입속에서 빨아대는 힘에 의해 그 압박이 생겼다는 거군요."

감식요원은 여전히 의아한 눈길로 기연을 관찰하며 고개

를 끄덕였다.

"목에 난 구멍을 송곳니라 감식하셨는데, 아무리 송곳니를 날카롭게 갈았다 하더라도 구멍이 네 개만 남지는 않아요. 밤새 삶은 감자를 물고 실험을 했지만 어떤 자세로 물어도 앞니와 어금니 자국이 반드시 같이 남아요. 그러니 그 네 개의 구멍은 절대로 송곳니 자국이 아니에요."

"송곳니가 맞는데요."

"그럼 한번 해봐요. 이 감자에 송곳니 구멍만 남겨봐요."

감식요원은 기연이 다그치며 가방에서 감자를 꺼내 내밀자 어리둥절한 표정이었다.

"혹시 피살자와 아는 사이신가요?"

"아니요. 왜요?"

"그냥, 좀 뜻밖이라서요."

"여하튼 해보세요. 한번 해보면 금방 잘못됐다는 걸 알 수 있어요."

감식요원은 움직이지 않았다.

"피를 빨려고 한 게 아니라 잇자국만 남기려 했던 건 아닐까요? 이를 하나하나 써서 네 번을. 억지로 하면 될 수도 있겠다는 생각이 들긴 하던데. 아니면 범인이 목에 키스를 했을까요, 일종의 굿바이 키스 같은 거?"

감식요원은 고개를 가로저었다.

"키스는 아니에요. 세게 빨아서 피가 흘러 나와야만 네 개의 구멍이 유지가 되니까요."

"무슨 말이죠?"

"피가 흘러나와 응고되지 않으면 최초 물었던 모양이 보존되지 않아요. 즉 현재 시신에 나 있는 것 같은 동그란 구멍이 안 생기고 흔적이 일자로 난 상태에서 강직이 진행돼요."

"여하튼 그 네 개의 구멍을 사람의 송곳니라 생각하는 건 무리예요. 구멍의 간격과 모양 또한 마치 기계나 공구로 낸 듯 정연하잖아요."

감식요원은 말없이 의자에서 일어나 책 한 권을 가지고 돌아와서는 페이지를 몇 장 넘긴 뒤 기연 앞에 펼쳐놓았다. 《AUTOPSY》라는 일본 책이었다.

"보세요. 이 사진들 모두 송곳니 흔적만 남았죠?"

감식요원의 손가락을 따라 기연의 눈길이 닿은 곳에는 기이하게도 현장의 시신에 난 자국과 똑같은 모양의 구멍 네 개가 정연하게 나 있었다.

"아!"

"마치 현장의 시신을 이 책에 옮겨놓은 듯 똑같잖아요. 이 사진 밑의 설명을 보세요. 송곳니에 의해 시신의 목에 남겨진 상처라고 되어 있잖아요."

기연은 한참이나 사진을 들여다보고는 급기야 민망한 표정을 지으며 목소리를 낮췄다.

"죄송해요. 그런데 안 되던데요. 아무리 해봐도 송곳니 자국만 남길 수는 없었어요. 별별 자세로 다 해봤거든요."

감식요원이 책을 두세 페이지 넘기는 동안 기연은 슬그머니 감자를 가방에 집어넣었다.

"이걸 보세요."

요원이 가리킨 또 하나의 사진은 송곳니가 길게 뻗은 틀니를 찍은 것이었다.

"송곳니가 아주 긴 이런 틀니를 끼면 시신에 있는 것처럼 앞니나 어금니 흔적이 남지 않아요."

기연은 강철로 만들어진 틀니에 한참이나 초점을 맞추고 있다 종내는 고개를 끄덕였다. 5센티미터도 넘어 보이는 길고 날카로운 송곳니는 과연 아무 흔적도 남기지 않을 것 같았다.

"세상에! 이런 게 있었군요. 그런데 누가 이런 걸 필요로 해요? 용도는요? 설마 피를 빨려고?"

"그건 몰라요. 부검 전문지인 이 잡지에는 과거 일본에서 누군가가 이런 틀니를 만들어 사람의 경동맥을 물어 죽인 적이 있다고 소개됐어요. 그 경우 목의 상처가 시신에서처럼 정연하게 난다는 데 주안점을 맞춘 걸로, 이걸 사용한 사람의 동기에 대한 얘기는 없어요."

한동안 기연의 침묵이 이어졌다. 도대체 이걸 어떻게 받아들여야 하는 걸까.

"누군가 이 틀니를 끼고 사람을 물어 죽였다 하더라도 이 사건의 범인은 더 해괴해요. 사람을 죽이는 용도로 강철 송곳니를 쓴 게 아니라 다른 방법으로 사람을 죽여놓고 피를 빨려고 그 틀니를 썼다는 거잖아요."

"네. 그래서 저도 처음에는 혼란에서 벗어나기 힘들었어요. 뱀파이어의 출현이라니."

"그런데 살해도구가 창이라면서요?"

"그런 종류예요."

"아무리 종잡을 수 없는 범인이라 해도 긴 창을 들고 주택가를 걸었을 수는 없을 텐데……. 혹시 깃대라든지 다른 연장일까요?"

"뭐가 됐든 창의 범주에 드는 겁니다. 긴 자루가 달린 굵고 뾰족한 흉기요. 몸을 관통하는 그 막강한 파괴력은 긴 자루에서 나오거든요. 물론 범인의 힘도 굉장했겠지만요."

"이제껏 창에 찔려 죽은 사람 본 적 있어요?"

"죽창에 찔린 사람은 본 적 있어요."

"그럼 그게 죽창이에요?"

"아니, 죽창은 그런 식으로 관통되지 않고 창흔도 달라요."

"만약 그게 진짜 창이라면 철창이란 얘기죠?"

"네."

"이제껏 철창에 찔린 사람 본 적 있느냔 말이에요."

"그건 없어요."

"그러니 창에 찔렸다고 단정하는 게 이상하지 않아요?"

감식요원은 대답하지 않았다.

"그 시신 부검은 어디서 해요? 여기서 하나요?"

"아니, 그 건은 우리에게 의뢰하지 않았어요. 영안실이 정해지면 거기서 하겠죠."

기연은 절레절레 고개를 가로저으며 자리에서 일어났다.

종로경찰서로 돌아온 기연은 바로 강력계로 향했다. 마침 반장이 일찌감치 떨어진 시신부검 영장을 손에 쥔 채 이런저런 지시를 하다 기연이 부검 병원을 묻자 눈이 휘둥그레졌다.

"아니, 김 기자. 부검까지 입회할라구라?"

부검에는 검사 입회하에 유족 대표와 형사들, 기연까지 일고여덟 명이 참석했다. 실내는 부검의의 가위질 소리와 형사의 카메라 셔터 누르는 소리 외에는 아무 소리도 들리지 않은 채 깊은 침묵만 흐르고 있었다.

"직접 사인은 좌측 흉부 파열창에 의한 순간 다량 실혈과 심박 정지입니다."

부검의는 건조한 목소리로 시신의 곳곳을 짚어가며 설명을 이어갔다.

"살해도구는 뭘까요?"

검사의 물음에 부검의는 잠시 힘을 주어 입술을 포개고 있다 딱 소리가 들리도록 입을 뗐다. 내키지 않는 질문에 답하거나 확실하지 않은 사실에 대해 결론을 내려야 할 때 먹물깨나 든 남자들이 흔히 하는 버릇이었다.

"절창이 없고 창상이 둥근 걸로 보아 칼날 같은 건 아니고, 아마도 특수한 송곳 같은 게 아닐까 싶어요. 자루가 달린 아주 굵고 긴 송곳 말이에요."

"자루가 달린 굵고 긴 송곳? 어떤 작업을 할 때 그런 송곳이 쓰이죠?"

검사가 낯설다는 표정을 지으며 쳐다보았지만 부검의는 내 알 바 아니라는 듯 고개를 가로저었다.

"창이라 이해하는 게 나을 거예요. 창을 풀어서 설명하면 그렇게 되지 않을까요?"

기연의 한마디에 부검의는 실소를 터뜨렸다. 듣고 보니 아예 한마디로 창이라 했으면 깔끔했을 거라 생각하며 그는 이 신통한 젊은 여자에게로 시선을 돌렸다.

하얀 피부에 작은 얼굴은 기본적으로 미인형이지만 어딘지 모르게 야무진 느낌을 주는 여자였다. 그러나 자신의 말을 정리하듯 날린 멘트는 그리 유쾌하지 않았는지 기연을 한번 획 쳐다본 뒤 말을 이었다.

"사망 후에 생긴 걸로 판단되는 목덜미의 상처들 역시 날카로운 송곳에 의해 생긴 것입니다."

"왜 여기 목에 이렇게 네 개의 구멍을 냈을까……. 시신을 훼손하려 했다면 뭔가 이유가 있었을 텐데……."

검사의 혼잣말에 아무도 말이 없었다. 부검의는 그거야 당신이 밝혀야지 하는 투였고, 강력반장은 검사와 쓸데없는 얘기 나눠봐야 피곤할 뿐이라는 속셈이었을 것이다.

부검이 끝나자 기연은 빈소에서 전형우 교수의 부인을 찾았다. 창졸간에 남편의 죽음을 맞닥뜨린 부인을 마주하는 건 내키지 않는 일이었지만, 사건기자로서 전형우 교수의 이상야릇한 죽음을 그냥 지나칠 수는 없었다. 게다가 살인사건의 가장 기초적인 정보는 남자건 여자건 배우자나 연인에게서 나오는 법이었다.

전 교수의 부인은 눈가가 퉁퉁 부어 있었음에도 자신을 추스르며 기연의 질문에 또박또박 답했다.

"그이는 남하고 다투는 사람이 아니에요. 돈 문제도 전혀 있을 게 없어요."

"최근에 고민이 있었다든지 표정이 무거웠다든지 하는 일은 없었을까요?"

"딱히 기억나는 게 없어요."

"전과 다른 어떤 일을 했다든지, 새로운 사람을 만났다든지 하는 일도 없으셨어요?"

"없어요."

"하루 종일 집에만 계셨었나요?"

"네. 거의 그런 편이었어요. 서재에서 나오는 일이 드물었어요. 제자들 모임에 드물게 한두 번 나가신 것 외에는."

"전에 같이 지낸 교수님들과는 만나지 않으셨나요?"

"일부러 안 만나는 건 아니지만 현직 교수들이 퇴임한 교수에겐 잘 연락하지 않는 것 같았어요. 워낙 학교 나가실 때도 남들과 별로 안 어울리긴 하셨지만."

"그렇다면 도대체 무슨 이유로 이런 일을 당하셨을까요? 이런 끔찍한 일을."

부인도 갑갑한지 고개를 가로저으며 기연을 쳐다볼 뿐이

었다.

"혹시 댁에 자동차 있으세요?"

"네."

"사모님이 운전하세요?"

"네. 하지만 아주 드물게 그이가 차를 쓰기도 했어요."

"거의 안 하셨단 얘기죠?"

"네."

"혹시 가장 최근에는 언제 차를 쓰셨는지 기억하세요?"

"최근에는 없는 것 같아요."

"제가 차를 좀 볼 수 있을까요?"

"네, 키를 가져올게요."

부인은 기자 명함을 내놓은 기연이 형사 못지않게 파고들자 의아해하면서도 부지런히 움직였다. 기연이 부검에까지 입회하면서 남편 사건의 진상을 파헤치려 드는 게 무척이나 고마운 표정이었다.

"차는 영안실 주차장에 있어요."

기연은 전형우 교수의 차를 찾아 시동을 걸면서 사건기자의 의무감만이 아닌 자발적 관심이 크게 동하고 있음을 느꼈다.

우선 피살자가 교수, 그것도 세상의 잡사와는 무관한 라틴어 교수라는 데서 오는 특별함이 있었고, 살해도구 또한 칼이 아닌 창과 같은 비현대적 무기라는 데서 오는 고전적 분위기가 있었다.

기연은 대학에서 독문학을 전공했고, 따라서 신문사에서도 문화부 쪽 일을 하고 있어야 했다. 하지만 신문사라는 데가 딱히 전공을 가려 사람을 배치하는 곳이 아닌 데다 기연 자신도 사건을 좇아 뛰는 사회부의 다양성과 역동성을 은연중 즐기던 참이었다.

그럼에도 가끔 전공과는 아무 상관도 없는 분야에서 하루살이처럼 살아간다는 자괴감에 사로잡힐 때가 있었는데, 그런 면에서 이번 사건은 깊이 끌리는 데가 있었다.

자동차에 시동이 걸리자 기연은 내비게이션을 살폈다. '최근검색지', '최근목적지' 등을 검색하던 기연은 아주 최근의 목적지 한 곳에서 눈길을 멈췄다.

ㅡ서원대학교

다른 목적지들이 대개 서울 시내이고 느낌이 비슷비슷해 부인이 갔던 곳으로 추정되는 데 반해 서원대학교라면 전 교수가 갔을 법한 목적지였다. 기연은 운전석에 기대 허리를 한 번 쭉 편 다음 휴대폰을 꺼내 들고 사건에 투입된 강력계 형사의 번호를 눌렀다.

"전형우 교수 휴대폰이 거기 종로서에 있나요?"

"아니요."

"압수 안 했어요?"

"영장 신청 들어갔어요."

"그럼 부인이 갖고 있어요?"

"그래요. 부인에게 인계했어요."

기연은 전화를 끊으며 요즘 대한민국 공무원 중에서 경찰이 제일 착할 거란 생각을 하며 웃었다. 살인현장의 피살자 휴대폰은 유력한 증거라 그냥 들고 가면 그뿐일 텐데 압수수색 영장을 정식으로 청구해 받아간다는 사실이 대견하기도 했지만, 한편으로는 사건 해결의 적극적 의지와는 좀 거리가 있는 게 아닌가 하는 생각도 들었다.

기연은 부인을 조용히 불러내 목소리를 낮추었다. 중요한 정보를 다룰 때는 목소리를 낮춰야 한다는 기자의 생리가 이제 거의 본능적으로 이 젊은 여성에게 스며들어 있었다.

"혹시 사모님이 운전해 청주에 가신 적이 있으세요?"

"아니, 간 적 없어요."

"그럼 전 교수님께서 청주 서원대학교에 가셨던 모양인데,

혹시 거기 가까운 분이 계시나요?"

"거긴 아는 분이 없어요. 라틴어라는 전공이 희귀해 남편은 다른 대학에 딱히 동료 교수라 할 만한 분이 없었어요. 그런데 그이가 직접 차를 몰고 청주까지 갔다는 게 참 이상하네요. 시내 운전도 질색하는 양반인데 청주까지 운전해 갔다왔다고요?"

"네. 누가 운전했는지는 확실하지 않지만 차가 거기 갔던 건 확실해요."

기연은 뭔가 그럴듯한 게 손에 잡힌다는 생각이 들어 머리카락을 손으로 쓸어 올렸다. 만족스러울 때면 습관적으로 하는 행동이었다.

"별로 움직이지 않던 분이 청주까지 장거리 운전을 해서 가셨으니만큼 이 부분을 단서로 볼 수 있겠는데요. 혹시 교수님 휴대폰에 서원대학교로 저장된 번호가 있을까요?"

마침 부인은 부고를 보내려고 휴대폰을 갖고 있던 참이라며 바로 기연에게 넘겨줬다.

– 서원대학교 김정진 교수

"이분에 대해 남편께서 말씀하신 적이 있었나요?"

"아니, 없었어요. 남편은 제게 일에 관해 아무 얘기도 안 해요. 평생 그렇게 살아오다 보니 이제는 습관이 돼서 저 역시 아무것도 안 물어보고요."

기연은 번호와 통화기록을 찍어 자신의 휴대폰에 저장하고는 부인에게 고개를 숙였다.

"서원대학교에 가셨다는 사실이 단서가 돼줄 것 같은 예감입니다."

"고마워요, 형사들보다 더 애를 써주시니."

"충격을 받고 비통하실 텐데 이렇게 귀찮게 해드려 죄송해요. 경찰이 잘 하겠지만 사건기자의 육감으로 봤을 때 해결되기까지 시간이 좀 걸릴 것 같아요. 마음을 굳게 가지셨으면 좋겠어요."

"범인을 밝히기가 어렵다는 얘기예요?"

"대단히 준비가 잘 된 범인인 것 같아요. 범행도 프로지만 범행을 은폐하는 기술도 초일류 급이었어요."

부인은 울먹이며 기연의 손을 잡았다.

"저는 차마 그이 시신을 보지 못했어요. 그렇게나 참혹하다는 얘기를 듣고 밤새 울기만 했어요. 기자님이 몹시 명민한 분이라는 게 느껴지는데 꼭 경찰을 도와 범인을 잡아주세요. 그이의 맺힌 원이나 풀어주고 싶어요."

"아직 빈소도 차리지 않았으니 아드님 도착하실 때까지 좀 쉬세요. 경찰이 할 일이지만 저도 최선을 다할게요."

기연은 왠지 눈물이 솟을 것만 같아 부인의 손을 놓고 얼른 돌아섰다. 워낙 점잖은 사람이라 욕지거리 한마디 내뱉지 않은 채 간신히 자제하고 있기는 했지만, 부인의 분노와 슬픔이 마음속 깊이 그대로 전해져왔다.

교황의 편지

"김정진 교수님이세요?"

"네."

"저는 중앙일보 사회부 김기연 기자입니다."

"네. 무슨 일인데요?"

"혹시 전형우 교수님을 아세요?"

"네."

"그분이 돌아가신 것도 아세요?"

"뭐라고요? 지금 전형우 교수님이 돌아가셨다고 했나요?"

"모르셨어요?"

"언제요? 도대체 왜요?"

"엊그제 피살되셨습니다."

"피살? 살해당했단 말입니까?"

"네."

"누가, 왜 죽였어요?"

"그건 모릅니다."

"저런!"

"뭘 좀 묻고 싶은 게 있어서 전화를 드렸는데요."

"내게요?"

"네."

"전 교수님 피살사건과 관련해서 말입니까?"

"네."

"좋아요. 물어봐요."

"김정진 교수님은 전 교수님이 피살될 만한 이유를 아세요?"

"무슨 소리예요? 그걸 내가 어떻게 알겠어요!"

"혹시 전 교수님이 어떤 변고에 휩쓸렸다 생각하신 적이 있으신가요?"

"변고라니요?"

"누군가와 다투었다든지 감정적으로 극한 대립을 했다든지 하는 일이 없었는가 말입니다."

"없어요. 설사 있다 하더라도 나는 그런 걸 알 수 있는 위치에 있는 사람이 아닙니다. 그분과 그리 잘 아는 사이가 아니에요."

"두 분은 어떻게 알게 된 사이시죠? 오래전부터 아셨나요?"

"반년 전쯤 알게 되었고 그간 몇 번 만난 게 다예요."

"무슨 일로 만나셨는지 물어봐도 될까요?"

"대답 못 할 건 없지만 어떤 시각으로 보도할지 몰라 대답하기 곤란하네요."

"아, 꼭 보도하려는 건 아니에요."

"보도하지 않는다면 왜 취재를 해요?"

"좀 조사해보고 보도를 할지 말지 결정하려는 거예요. 무슨 일인지 몰라도 김 교수님께 해가 가지는 않게 할 거예요."

"기자들은 앞에서는 늘 그런 식으로 얘기하지만 막상 기사로 나오는 걸 보면 뒤통수치기 일쑤잖아요. 여하간 전화 한 통에 이것저것 함부로 얘기하기는 조심스러워요. 사실 얘기할 것도 없고."

"두 분이 세상에 밝히지 못할 작업을 하신 건가요?"

"무슨 소리예요? 같이 한 게 아무것도 없다니까. 이만 끊겠습니다."

김정진 교수라는 사람과의 통화는 어딘지 알쏭달쏭했다. 학자 특유의 진지함이 묻어나는 느낌이긴 했지만 한편으로는 조심스러움을 넘어 피한다는 기분이 들었다.

회사로 돌아온 기연은 데스크와의 회의에서 이제껏 있었던 일들을 다 털어놓았다.

"기괴한 사건이라 당장 쓰기는 어려운데 여기에 뭔가 있을 것 같은 육감이 아주 강하게 들어요. 이야기만 들으면 황당하기 짝이 없지만, 이야기가 생산된 근거는 아주 탄탄하단 말이에요. 과학수사에서 나왔으니까요."

"단거리 운전도 질색하는 은퇴한 노교수가 차를 몰고 서원대까지 샀나 왔다면 그 교수에게 단서가 있을 것 같은 예감이 드는데……, 내려가서 한번 만나는 게 좋지 않을까?"

기연은 서원대 본관에 있는 교수연구동 2층 김정진 교수의 연구실에 도착해 조교가 권하는 대로 작은 소파에 앉아 실내를 둘러보았다. 이 연구실은 책과 서류가 산더미를 이루고 있던 전형우 교수의 서재와 달리 책상에는 노트북 컴퓨터만이 열린 채 놓여 있었다. 전화기를 제외하고는 먼지 한 톨 없어 보일 정도로 깔끔하게 정돈돼 있어 두 사람 간의 취향 차이든 세대 차이든 어느 하나를 확실히 내보여주고 있었다.

"교수님께서 갑자기 일이 생겨 잠시만 기다려달라 하셨습니다."

"네."

남의 연구실에서 달리 할 일이 없어 기연은 이런저런 사물에 눈길을 보냈다. 책장은 소파 뒤 한쪽 벽면에 있는 게 다였고, 오래된 것과는 거리가 멀어 보이는 책들이 가지런히 꽂혀 있어 어딘지 빈약한 느낌을 주었지만 반대쪽 벽면에는 고흐의 〈해바라기〉가 걸려 있어 그런대로 조화를 연출하고 있었다.

기연은 자리에서 일어나 창문에 비치는 언덕 쪽을 바라보았다. 옹벽 아래에서 이제 막 피어난 듯 옹기종기 얽힌 노랑 금계국이 눈에 가득 들어왔다. 비밀 아지트라도 있는 양 옹벽에 난 구멍 속을 깡충대며 바삐 드나드는 참새들이 장난치는 데 정신 팔린 어린아이들 같았다.

분초를 다투며 상대방과 기싸움을 벌여야만 하는 사회와 달리 학교의 시간은 역시 느긋하게 흘렀다. 기연은 오랜만의 평온 속에서 나른함을 느끼며 과거의 기억 속으로 잠겨들었다. 처음 대학에 입학할 때의 설렘, 학문에 대한 기대감, 헤르만 헤세와 토마스 만에 심취해 독일 유학을 꿈꾸던 일. 그리고 유학 시절 시간 나는 대로 찾아다녔던 중세의 성. 금지된 사랑의 대가로 공주가 갇혔던 첨탑의 방. 비운의 애인이 생을 마쳐야 했던 어두운 지하 고문실······.

"이 방 창문으로 들어오는 풍경은 지금이 가장 황홀해요. 또 열심히 봐둬야 하죠. 이제 머잖아 저 꽃들이 지고 나면 메마른 담장만 마주 보고 살아야 하거든요."

갑자기 등 뒤에서 들려온 남자 목소리에 기연의 회상은 깨지고 말았다.

"통화했던 김정진이에요."

"김기연 기잡니다."

기연은 기계적으로 몸을 돌려 명함을 내밀었지만 잠시 멍한 기분에서 헤어나지 못했다. 막 떠오르던 게 무엇이었더라…… 금지된 사랑의 대가로 공주가 갇혔던 방. 애인이 생을 마쳐야 했던 고문실. 고문실, 고문실이라…… 기연은 순식간에 무언가를 홀연히 잃어버린 느낌에 진한 아쉬움을 느끼며 빠른 속도로 몽환에서 벗어나 김 교수에게 눈길을 돌렸다.

"멀리서 오셨는데 죄송해요."

"네. 저도 잠시 좋은 시간을 가졌어요."

김정진 교수는 30대 후반으로 통화할 때 가졌던 느낌과 달리 얼굴에 진지함과 순수함이 자리 잡힌 사람이었다.

"장례식에 가봐야 하는데 학교에 일이 워낙 많아……."

"김 교수님은 뭘 가르치세요?"

"전공을 묻는 거라면 컴퓨터 사이언스라고 대답해야겠네요."

"전 교수님과는 오래전부터 알고 계시던 사이인가요? 전공도 연배도 완전히 다르신데."

"아니, 만난 지 얼마 되지 않았어요."

"구체적으로 얼마나 되셨죠?"

"반년 정도요."

"어떤 연유로 만나게 되셨어요?"

통화를 거절하던 어제와는 달리 김 교수는 선선히 대답을 이어갔다.

"제 전공과 관련해 만난 건 아니고, 사실은 그분 전공과 관련해 제가 뭘 부탁했어요."

"무슨 부탁이시죠?"

"우리 서원대학교와 청주시는 직지 알리기 운동을 같이 전개하고 있어요."

"직지? 직지심경 말인가요?"

김정진 교수는 순간적으로 잠시 이맛살을 찌푸렸다.

"직지심경이란 명칭은 쓰면 안 돼요."

"어, 그래요? 학교에서 그렇게 배웠는데……."

"그 얘기는 좀 있다 하고, 여하튼 우리는 직지 알리기, 정확하게는 직지심체요절을 찍은 금속활자를 알리는 일을 해왔어요."

기연은 그간 숱하게 들어왔지만 정확히 무엇을 말하는지 몰랐던 직지가 의외의 장소에서 의외의 순간에 화두로 떠오르자 엄청난 호기심과 함께 직지의 실체를 완전히 알아둬야겠다는 생각이 들었다. 전 교수에 관한 물음에 김정진 교수가 먼저 직지 얘기를 꺼내는 것으로 보아 직지에 관한 정확한 지식은 사건을 이해하는 데도 절대적으로 필요할 터였다.

"줄여서 직지라 부르지만 원래는 직지심체요절이네요."

"정식 명칭은 더 길어요. '백운화상초록 불조직지심체요절'이니까. 직지란 곧바로 가리킨다는 뜻이고 심체란 마음의 근본이란 뜻이니, 제목을 그대로 풀면 '백운화상이 기록한 마음의 근본을 깨닫는 글귀'가 되겠지요."

"일종의 불경인가요?"

"불경처럼 오해되어 왔지만 사실 불경은 아니에요."

"그러나 직지심경이라 하잖아요. 금강경, 천수경같이 말이에요."

"불경이란 정확하게는 부처의 말씀을 아난존자가 옮겨 적은 걸 말하는 겁니다. 그런데 직지는 제목에서 보듯이 백운화상이라는 고려시대 고승이 역대 선승들의 선문답을 적은 것으로 불경이 아닌데 여기에 직지심경이라는, 마치 불경과도 같은 이름이 잘못 붙었어요."

"그러니 직지심경이라 쓰면 안 된다는 건가요?"

"그렇지요. 직지라 그냥 쓰든가, 아니면 직지심체요절이라 쓰는 게 맞아요."

"불경이 아닌데 왜 애초에 경이라는 글자를 붙인 거죠?"

"거기에는 연유가 있어요. 이 직지는 주한 프랑스 공사가 수집해 출국했는데 최종적으로는 프랑스 국립도서관에 기증되었어요. 그러다 1972년 파리에서 열린 세계도서전에서 현존하는 최고最古의 금속활자본으로 발표되면서 즉각 전 세계의 이목을 끌어모았어요. 그런데 당시 프랑스 국립도서관 사서로 있던 박병선 박사는 남모를 고민을 안게 되지요."

"혹시 그 긴 이름 때문인가요?"

"기자라 그런지 역시 예리하군요. 박병선 박사는 백운화상 초록 불조직지심체요절이란 긴 이름이 직지를 알리는 데 장애가 되자 고심 끝에 몇몇 프랑스인들이 쓰던 틀린 이름을 그대로 사용하기로 했어요."

"그게 직지심경이군요."

"맞아요. 직지가 불경으로 오해된 연유예요."

"직지가 우리나라에는 한 권도 없나요?"

"네. 원래 직지는 백운화상 사후 청주 흥덕사에서 1377년 상·하 두 권으로 인쇄되었는데 현재 이 세상에 남아 있는 건 프랑스에 있는 하권 한 본뿐이에요. 이 직지는 초대 프랑스 공사 플랑시에 의해 프랑스로 건너갔다 국립도서관에 기증되었어요."

"직지가 중요한 건 그 책의 내용보다도 금속활자로 인쇄된 현존하는 가장 오래된 책이다, 즉 한국이 독일보다 앞서 금속활자를 발명했다는 사실을 증명한다는 점이 더 중요한 거죠?"

"그렇지요. 《상정예문》 등이 금속활자로 인쇄됐다는 기록이 있긴 해도 실물이 남아 있지 않아 직지가 현존하는 세계 최고의 금속활자본으로 공인되었어요."

"이제는 거의 모든 사람들이 직지가 세계에서 가장 오래된 금속활자본이란 걸 알지 않나요? 유네스코 문화유산에 등재되기도 했잖아요."

"네, 원래는 구텐베르크가 세계 최초의 금속활자를 만든 걸로 알려져 있었지만 그게 아니라 직지가 최소 78년 이상 구텐베르크보다 앞섰다는 것까지는 잘 알려졌어요. 하지만 지금 직지는 수렁에서 헤어 나오지 못하고 있어요."

"무슨 말씀이시죠?"

"직지가 더 이상 앞으로 나가지 못하고 있다는 말입니다. 과거에는 직지가 세계에서 가장 오래됐다는 걸 알리면 충분했어요. 모두가 몰랐으니까요."

"지금은 가장 오래됐다는 사실만으로는 뭔가 모자라는 모양이군요."

"네. 의외로 직지에 대한 세계의 반응은 냉담해요. 그래, 인정한다, 직지가 가장 오래됐다. 그래서 뭐가 어떻다는 거냐."

"가장 오래됐다는 사실만 인정받지 세계사를 바꾼 위대한 지식혁명의 주인공으로 대접을 못 받는다는 거군요."

"그래요. 직지를 어떻게 감히 구텐베르크의 위대한 인쇄혁명에 견주려는 거냐? 직지가 가장 오래된 건 맞지만 조야하기 짝이 없고 어디 절간에 처박혀 있었을 뿐 도대체 한 게 뭐냐? 직지가 정말 쓸모 있는 거라면 당신네 한국인들이 위대한 지식혁명을 이루었어야 하는 거 아니냐? 지금 당신네 한국인들이 책을 인쇄하고 신문을 제작하는 모든 기술조차 직지에서 뽑은 게 아니지 않느냐? 그게 다 구텐베르크의 인쇄술을 수입한 거 아니냐 하고 묻는 거예요."

"세계 최고이긴 해도 초라할 뿐이라는 거네요."

"여하간 직지는 오랫동안 탈출구를 찾지 못하고 세계 최고라는 구호만 공허하게 외쳐대고 있었어요."

"직지의 현실이 안타깝네요. 그런데 저는 직지가 아니라 전 교수 피살사건을 취재하러 왔으니 그 얘기로 옮기면 어떨까요."

　기연이 바쁜 태를 내자 김 교수는 나도 그렇게 한가한 사람 아니라는 식으로 목소리에 힘을 주었다.

　"지금 전 교수님 얘기를 하기 위해 직지를 설명하는 겁니다."

　"네, 알겠어요. 그런데 전 교수는 직지와 어떻게 연관되어 있죠? 아까 부탁을 하셨다 했는데 무슨 부탁인가요?"

　"김 기자는 기자인지 수사관인지 헷갈리는군요. 그전에 왜 나를 찾아왔는지부터 얘기해줘요. 전 교수님의 피살이 왜 나와 관련 있나 생각하는지 말입니다."

　"아주 단순해요. 전 교수는 누구도 만나지 않는 분인 데다 운전을 극도로 싫어했는데 김정진 교수님을 만나려고 청주까지 직접 운전을 했으니까요. 전 교수님을 처음 만난 게 반년 전이라 그러셨죠. 그간 몇 번이나 만나셨어요?"

　"서울에서도 만났으니까 대여섯 번 될 거예요."

　"무슨 일로 만나셨던 거죠?"

　"김 기자는 지루할지 몰라도 또 직지 얘기를 좀 더 해야겠어요."

　"네, 얼마든지요."

　전 교수의 죽음이 직지와 관련이 있다면 김 교수가 무슨 얘기를 하든 많이 들을수록 좋을 것이었다.

"직지가 오랫동안 수렁에서 헤어나지 못하자 고심하던 청주시는 유능한 다큐멘터리 팀을 바티칸에 보내기로 결정했어요."

"바티칸? 거기는 왜요?"

"교황의 편지를 직접 촬영함은 물론 바티칸 비밀수장고 내부의 자료를 최대한 찾아보려 했던 겁니다."

"교황의 편지? 그게 무슨 얘기죠?"

"바티칸의 비밀수장고에서 '코룸'이라는 나라의 왕에게 보내는 교황의 편지가 발견되었는데 일단의 유럽 학자들이 그 코룸이 고려라고 주장해요."

"코룸? 처음 들어보는데요."

"그렇겠죠. 유럽에서는 오래된 논쟁이지만 국내에는 그간 전혀 알려지지 않았으니까요."

"발음은 고려와 비슷하네요. 만약 그 코룸이 고려라면 직지와 어떻게 연관되나요?"

"유럽에는 예부터 전해오는 이야기가 있어요. 동방의 어느 나라를 여행하고 돌아온 일단의 수도사들이 교황에게 자신들이 본 금속활자의 그림을 선물했고, 그 직후 유럽에 금속활자가 확 퍼졌다는 거지요."

"아! 그러면 그 동방의 어느 나라가 바로……."

"1972년 직지가 프랑스 국립도서관에서 발견되기 전에는 아무도 동방의 어느 나라가 금속활자를 가지고 있었는지 알지 못했어요. 그러다 직지라는, 금속활자로 인쇄한 실물을 보고는 그 동방의 나라란 바로 한국이라는 주장이 대두되었고, 과거 중세로 되짚어가면 바로 고려라는 얘기가 되죠."

놀라운 얘기였다. 이런 엄청난 얘기를 어떻게 독일 유학까지 하고 기자생활을 해온 자신은 몰랐을까 기억을 더듬으며, 기연은 교황의 편지에 깊숙이 끌려들어가는 걸 느낄 수 있었다.

"코룸이 고려라는 주장은 발음이 비슷해서 그러는 건가요?"

"코룸의 발음도 그렇지만 편지의 수신자인 왕의 이름 '세케'가 '숙'을 라틴어로 표현한 거라는 거죠. 이 세케가 고려의 충숙왕이라는 건데 몽골 지배 시절이라 왕명에서 몽골에 대한 충성을 표시하는 충을 빼면 실제는 '숙'이고 라틴어로 '세케'라 읽히니 그 편지가 충숙왕에게 보내진 거라는 게 유럽 학자들의 주장이에요."

"그 편지가 코룸의 왕에게 보내졌다면 어떻게 다시 바티칸에 돌아가 있죠? 아, 교황청에서는 사본을 보관해두는 모양이군요."

"맞아요."

김정진 교수는 휴대폰을 열어 문제의 그 구절을 보여주었다.

—Magnifico viro Sece de Chigista Regi Corum

"흐. 라틴어란 정말 단 한 단어도 해석할 수 없네요."

"이것이 편지의 서두예요. 우리말로 치면 '○○에게'와 같은 문장인데 사실 이 수신인 표기가 이 편지의 최대 쟁점인 거죠."

"해석이 어떻게 되는 건가요?"

"전 교수님은 '코룸의 왕이자 최고 영웅인 키지스타 출신 세케에게'로 해석할 수 있다고 합니다."

"고유명사는 세 개네요. 코룸, 키지스타 그리고 세케."

"네."

"세케는 고려왕 '숙'인지 아닌지 몰라도 여하튼 왕의 이름이고, 지역을 나타내는 건 코룸과 키지스타네요."

"그렇지요."

"키지스타 출신의 세케가 코룸이라는 나라의 왕이라는 거죠?"

"네."

"그렇다면 세 개의 고유명사 중 어느 하나만 다른 기록과 맞으면 어느 나라의 임금인지 가려낼 수 있을 것 같은데요."

"물론이죠. 전 교수님도 마찬가지로 생각하시고 그 당시 아비뇽과 실크로드 지역의 기록과 연관해 집중적으로 연구를 하셨어요."

"아비뇽? 아비뇽은 프랑스에 있지 않나요?"

"편지를 보낸 1333년에 교황은 바티칸에 있지 않고 아비뇽에 유폐되어 있었어요."

"그랬었죠."

기연은 소위 아비뇽의 유수라 불리는 사건을 떠올렸다. 1309년부터 1377년까지 권력이 강해진 프랑스 왕에 의해 일곱 명의 교황이 아비뇽에 유폐되었던 것이다.

"전 교수님은 굉장히 정열적으로 연구하셨지만 세 고유명사 중 단 하나도 다른 기록에서는 찾아내지 못했어요."

"그건 이상하군요. 키지스타나 세케는 그렇다 치더라도 코룸은 쉽게 찾아질 것 같은데요. 이미 1200년대에《동방견문록》을 지은 마르코 폴로가 북경에 16년간이나 있었는데 고려를 알지 못했을 리는 없잖아요."

"그게 코룸을 고려라 주장하는 학자들의 아픈 점이에요. 이 편지가 쓰였던 때인 1333년에는 고려가 라틴 문화권에서

‘카울리’ 혹은 ‘솔롱고스’라고 불렸다는 겁니다.”

"코룸이라는 말은 어디에도 없고요?”

"네.”

"카울리도 코룸처럼 고려와 발음이 비슷한데요.”

"고려를 당시 중국에서 카울리라고 불렀다 하더군요. 그게 그대로 라틴 문화권으로 넘어간 거고, 솔롱고스는 무지개라는 뜻의 몽골어인데 당시 몽골에서는 고려를 그렇게 아름다운 나라로 동경했던 모양이에요. 몽골이 세계를 휩쓸던 시대였던 만큼 라틴 문화권에도 그 이름이 그대로 전해졌어요.”

"고려를 코리아라고 부른 건 언제부터죠?”

"그 시기는 확실하지 않은데, 전 교수님은 고려 말이나 조선 초에 이르러서야 이슬람 상인들에 의해 코리아라고 불리기 시작하지 않았을까 생각하시더군요.”

잠시 생각하던 기연이 가볍게 따지듯 물었다.

"고려가 세계 모든 지역에서 꼭 카울리나 솔롱고스라는 이름으로만 불렸다고 단정할 수는 없지 않을까요?”

"물론 어떤 고립된 지역에서는 충분히 다른 이름으로 불렸을 수 있겠지요. 우리도 그렇게 생각하지만 전 교수님은 이 편지가 당시 세계 지식과 정보의 중심인 교황청에서 쓰였던 만큼 반드시 그 둘 중 하나의 국호가 사용되었어야 한다는 거예요."

"편지에 대한 전 교수님의 입장은 뭐였죠? 코룸을 고려라 보는 외국 학자들의 주장에 동조하는 편이었나요? 아니면 그 반대예요?"

"전 교수님은 입장이 없었어요. 그분은 선입견 없이 냉정하게 조사와 연구에 임했는데, 솔직히 우리 직지 연구자들 입장에서는 매우 실망스러웠어요."

"왜요?"

"과거 직지가 유럽에 전해졌을 거라는 큰 기대를 안고 많은 비용을 들여 바티칸까지 가서 그 편지를 찍어왔고 해석을 전 교수님께 맡겼잖아요. 그런데 전 교수님이 드러내놓는 걸 하나하나 따라가다 보면 결국 교황의 그 편지는 고려에 보내진 게 아니라는 결론으로 가는 것 같았거든요."

순간 기연은 약간 헷갈리는 기분이 들었다. 어떠한 살해동기도 찾아지지 않았던 전 교수 주변에서 처음으로 범행동기가 나타난 것이었다. 기대에 들떠 편지의 해석을 맡겼을 많은 사람들, 그러나 애초의 바람과는 동떨어진 결과를 하나하나 내놓는 전 교수. 이것 이상 확실한 동기가 있을 수 없는 일이었다.

그러나 문제는 이 확실한 범행동기가 김정진 교수의 입에서 태연히 흘러나오고 있다는 사실이었다.

기연의 머릿속에 여러 갈래의 생각이 잡혔다. 이 사람은 정말 전 교수의 죽음에 대해 아는 게 없는 걸까. 아니면 어차피 수사선상에 놓이게 될 걸 짐작하고 자신의 결백을 주장하기 위한 벽돌을 하나씩 쌓아가는 걸까. 기연은 티 나지 않게 슬쩍 김 교수의 얼굴을 훔쳤다.

"직지를 연구하거나 알리려 애쓰는 분들 중 전 교수님의 존재를 아는 분이 몇이나 될까요?"

"후후, 전 교수님에게 불만을 가진 사람들이 누구누구냐 묻는 것 같은데요."

"그분 주변에는 다른 동기가 전혀 없어요. 갈등구조라는 게 눈을 씻고 봐도 없단 말이에요. 이 교황의 편지 외에는."

"나도 좀 전에 전 교수님 피살 소식을 듣고 나서 김 기자와 똑같은 경로로 생각해봤어요. 특히 약 한 달 전 여기 오셔서 교황청 편지를 설명하셨을 때 이분이 배신행위를 저질렀다면서 분노를 폭발시키던 사람들 중 몹쓸 짓을 한 사람이 있을 수 있지 않나 가정해봤는데 그런 사람을 떠올릴 수는 없었어요."

"그때 설명을 들었던 사람이 몇이나 되죠?"

"50명 가까이 됐어요."

기연은 적이 실망스러웠다. 수사관도 아닌 기자 신분으로
이들을 일일이 만나기란 불가능했다.

"방금 얘기하신 배신행위란 뭐죠?"

"전 교수님은 이 편지에 민감한 직지 연구자들, 가톨릭계
와 역사학계의 주요 인사들을 기자회견 하듯 불러놓고 자신
이 해독한 편지를 기반으로 코룸은 결코 고려가 될 수 없다
는 주장을 펼쳤어요. 직지 연구자들 중 그때 분노한 분들이
많았을 거예요."

"그러나 그걸 배신이라고까지 할 수 있을까요?"

돌연 김 교수의 목소리가 격해졌다.

"할 수 있을 뿐 아니라 확실한 배신입니다. 비유하자면 변
호사가 사건을 맡아 알게 된 의뢰인의 비밀을 공개해버린 거
예요."

"그러나 학자와 변호사는 다르잖아요. 편지의 정확한 의미
를 해석해달라고 의뢰한 만큼 만약 전 교수가 자신이 해독해
낸 결과를 왜곡해서 유포했다면 그건 문제가 되겠지만, 자신
이 알게 된 사실을 있는 그대로 발표한 걸 문제 삼아서는 안
되죠."

김 교수는 순간적으로 기연을 의식했는지 자신을 억제하
는 모습이었다.

"그렇다 하더라도 먼저 우리와 상의를 했어야지요."

"혹시 전 교수님이 사전에 상의를 했다면 외부에 발표하지 못하게 막지 않았겠어요?"

"누가? 나 말인가요?"

"네."

김 교수는 대답 대신 손을 뻗어 안경을 벗고는 잠시 눈길을 멀리 돌렸다. 이윽고 다시 기연과 눈을 맞춘 그는 노기를 누르며 말했다.

"강제로 막으려 나섰을 것 같지는 않지만 그냥 있었을 거라고 자신하기도 쉽지 않습니다!"

"다른 직지 연구자들은요?"

"나랑 마찬가지겠죠. 여하간 모두들 그날 힘이 무척 빠졌으니까요."

"그렇겠지요. 다큐멘터리 팀을 큰돈 들여 바티칸에까지 보내 교황의 서신을 생생하게 찍어온 데다 유럽의 학자들조차 코룸을 고려로 인식하고 있는 마당에 믿었던 전 교수가 오히려 발등을 찍었잖아요. 그러니 분노하지 않을 사람이 누가 있겠어요? 저라도 욕지거리를 내뱉었을 것 같은데요."

"진술을 유도하기 위한 미끼인가요?"

김정진 교수는 누가 동조해준다 해서 마구 흥분하는 타입은 아니었다. 그는 사실에 가까운 얘기를 이어나가면서도 정황은 냉철히 판단하는 사람으로 보였다. 그는 직지 연구자들이 그런 짓을 할 리 없다는 식으로 말하면서도 전 교수를 배신자로 규정하고 분노를 느꼈을 사람들이 분명 있었을 거라는 이중논법을 구사하고 있었다. 기연은 만약 이 사람이 범인이거나 범행에 가담하고 있다면 진실을 밝히는 게 그리 쉽지만은 않겠다는 생각이 들었다.

"직지 연구자들의 충격이 심했을 걸로 보이는데 그중 누가 가장 치명상을 입었을까요? 청주시장? 아니면 그 다큐멘터리 팀? 그도 아니면 드러나지 않은 직지의 맹신자? 혹은 전 교수를 연결했던 김정진 교수님?"

기연이 조금이라도 용의점이 있는 사람들을 거침없이 주워대고 마지막에는 자신의 이름까지 직접 언급했음에도 김정진 교수는 화를 내지 않았다.

"김 기자 말을 듣다 보니 내가 수사관을 만나고 있는 건 아닌지 혼동이 될 정도예요. 혹시 그 피살사건의 범인을 직지 연구자들 속에서 찾으려는 심산이에요?"

"취재와 수사는 때로 같은 길을 갈 때가 있지만 저는 분명 기자예요. 마주친 팩트에 대해 수사관은 범죄로 단정하려 하고 기자는 거꾸로 단정을 배제하죠. 그러기 위해 합리적 의심을 가지고 사건 주변 모든 사람들의 얘기를 충실히 듣고 판단하려 하는데 그 판단의 근거는 논리예요."

"그렇다면 다행이지만……."

김 교수는 불쑥 자리에서 일어나 노트북을 켜며 직지 관련자들을 용의자로 보는 기연이 못마땅하다는 티를 냈다. 그의 동작은 이제 그만 가달라는 의미였지만 기연은 자리에서 일어나지 않은 채 목소리를 높였다.

"누군가 전 교수님의 그 당시 발표를 아프게 받아들이거나 못마땅하게 받아들였다면 그게 바로 용의점이에요. 억울해도 어쩔 수 없는 거죠. 수사관들은 심지어 아내를 잃어 깊은 슬픔에 빠져 있는 남편을 곧잘 가장 유력한 용의자로 보고 몰아치잖아요."

김 교수는 외려 목소리를 낮추며 공감을 구한다는 식으로 말했다.

"우리가 그에 대해 가졌던 감정은 불만보다도 불신이었어요. 유럽의 신뢰성 높은 학자들이 오랜 시간을 두고 연구해 확신하는 걸 이제 편지 한 장 달랑 손에 넣은 전 교수님이 함부로 단정해버린 건 학자로서 경솔했어요."

"그러나 라틴어에 자신이 있다면 우리나라 학자가 판단하는 게 훨씬 낫지 않겠어요? 고려가 우리나라 역사이니만큼."

"그 편지는 학계뿐만 아니라 바티칸에서도 매우 중요하게 여기고 치밀한 연구를 계속 해왔어요. 고려의 역사이기도 하지만 무엇보다도 가톨릭 선교의 역사이니까요. 한국에서는 아무도 이 편지의 존재를 모르던 그 옛적부터 바티칸에서는 깊은 연구를 해왔고, 그 편지의 사본을 〈직지코드〉 다큐멘터리 팀과 세계종교평화협의회 측에 전달한 건 바로 코룸이 고려라는 논리잖아요. 아무리 생각해도 전 교수님은 너무 경망하게 행동했어요."

기연은 김 교수가 잔잔하게 자신을 잘 컨트롤하다가 갑자기 음성을 높이며 분노를 터뜨리기도 하는 모습을 찬찬히 눈에 담았다. 역시 교수라는 자들은 상대하기 어렵다는 생각이 기연으로 하여금 더욱 단순하게 나가도록 했다.

"단도직입적으로 물어 좀 뭣하긴 하지만 아시는 분들 중 누가 전 교수님에게 가장 분노를 느꼈을까요?"

"내 입에서 나오는 이름들은 그대로 용의자가 되는 거군요. 나처럼."

"저는 수사관이 아니에요. 있는 듯 없는 듯 조용하기만 하던 퇴직교수가 갑자기 김 교수님을 만나러 다니는 등 무척 활발해지면서 살해당했으니 어쩔 수 없이 몇 마디 말씀은 해주셔야 해요. 제가 형사보다 빨리 온 게 오히려 다행일 수도 있어요. 수사관들이 갑자기 들이닥쳐 숨 돌릴 틈조차 없이 휘몰아 가면 훨씬 곤혹스럽잖아요."

"후후, 꿈보다 해몽이 좋군요. 내친김에 내 알리바이까지 대드리죠. 사건이 발생했다는 날 나는 하루 종일 여기 청주의 고인쇄박물관과 직지체험관에 있었어요. 여기 휴대폰에 시간 박힌 사진들이 잔뜩 들어 있으니 보고 싶으면 봐요. 전 교수님에게 분노를 느꼈을 사람들도 이 안에 부지기수로 있으니 아무나 찍어요."

김 교수가 퉁명하게 한마디 툭 내뱉고는 노트북에 열중하는 시늉을 해 보이자 기연은 자리에서 일어나며 이제까지와는 달리 얌전하게 물었다.

"그 편지의 전문을 갖고 계시나요?"

"있긴 해요."

"보여주실 수 있어요?"

김 교수는 한참 생각하다 고개를 끄덕였다.

상징살인

회사로 돌아온 기연이 김정진 교수와의 대화를 자세히 전하자 팀장은 미간을 찌푸렸다.

"직지 연구자들에게 용의점이 있다면 함부로 쓰기는 대단히 어렵겠는데. 언론에서 도와주지는 못할망정 엽기살인이니 어쩌니 해서 세계적 웃음거리를 만든다고 비판이 나올 거야."

"그전에 문약하고 소심한 이미지의 직지 연구자들과 사건 현장이 전혀 들어맞지 않아 뭘 쓰겠다는 엄두조차 낼 수 없어요."

"꼭 그렇게만 볼 건 아니야. 청부살인일 경우 사주한 사람들은 유약한 경우도 많으니까."

입사 이후 사회부에만 십수 년 똬리를 틀고 있는 팀장은 검경 출입에 이골이 나 웬만한 베테랑 수사관 못지않게 범죄

냄새를 맡는다는 평판을 얻고 있었다.

"그런데 현장의 모습을 보면 청부는 아닌 것 같아요. 청부 받은 자라면 상대를 죽이기만 하면 끝이죠. 하지만 귀를 자르고 굳이 창이라는 특별한 범행도구를 쓴 걸 보면 죽인 자의 자발적 동기가 강하다고 봐야 해요."

"날카로운 분석이야. 그럼 이 사건은 어떻게 갈래를 잡아야 할까? 일단 자신들을 배신했다 생각하는 직지 관련자들에게 동기가 있는 건 틀림없잖아."

"용의선상에 올려야죠."

"그리고 실행자도 단순히 청부를 받은 자가 아니라 살해 동기가 있는 자다. 그럼 이 실행자도 직지와 연관이 있는 걸로 봐야 할까?"

"전 교수에게 직지 외에 다른 갈등요소는 없으니 그렇게 봐야죠."

"거참, 직지와 연관이 있는 사람이라면 거의 교수나 학자 내지는 문화인인데 그중에 저런 잔인한 살인자가 나올 수 있나?"

"김정진 교수를 비롯해 전 교수에게 실망했던 사람들을 용의선상에 올리는 건 자연스러운데 현장의 살인자에 대해서는 도대체 감을 잡을 수가 없어요. 모든 상식을 거부하는 아주 특별한 인간이에요. 일단 김정진 교수를 비롯해 전 교수에게 강한 불만을 품었던 사람들 주변을 좀 더 조사해보고 판단해야겠어요."

"그 교수는 어떤 사람이야? 냄새가 나?"

"지극히 헷갈리는 사람이에요. 겉으로는 얌전하고 선량해 보이는데 필요에 따라서는 전혀 다른 모습도 쉽게 내보이는 복잡한 사람이에요."

"조심스럽긴 하지만 특종 가능성이 있어 보이니 다른 일 신경 쓰지 말고 이 건만 맡아서 깊이 조사해봐."

기연은 고개를 끄덕여 만족감을 표하고는 자리에서 일어났다.

팀장으로부터 본격적인 취재를 허락받은 기연은 서울대학교 인문학연구원 안 교수를 찾아갔다.

안 교수는 기연이 독일에서 3년간 공부할 때 알던 사람으로, 밀라노 신학대학에서 토마스 아퀴나스 연구로 박사학위를 받아 라틴어에 정통했다. 기연이 괴팅겐대학교로 유학 갔을 때 마침 교환교수로 있어서 여러모로 기연을 도와주었는데, 워낙 낙천적이고 쾌활한 성격이라 나이 차가 많음에도 스스럼없이 어울린 사이였다.

"아니, 기연이 웬일이야?"

"보고 싶은 사람 보러 왔어요."

"여기서 맛없는 커피 마실 게 아니라 커피숍으로 가지."

기연이 찾아온 게 무척 반가운지 안 교수는 학교의 이곳저곳을 소개하며 커피숍에 자리를 잡았다. 기연은 활기찬 학생들의 몸짓과 표정을 대하자 20대 초반으로 돌아간 듯 기분이 가벼워졌다.

"역시 학교가 제일이에요. 돌아보면 독일에서 공부할 때가 제일 좋았어요."

"근데 왜 독일에서 공부를 그만뒀지?"

"본래 거기까지만 할 생각이었어요. 익숙지도 않은 남의 나라 말로 그 나라 문학을 하는 데 한계도 느꼈던 것 같고요."

"참, 독문학을 전공했었지? 독일어도 잘했는데 전공을 딴 걸로 바꿔 박사까지 하지 그랬어."

"어렸을 때부터 언론 쪽으로 나가고 싶었어요."

"독일까지 가서 공부한 게 아까워서 그래."

"그 시간이 제 인생에 큰 도움이 됐어요. 제일 즐겁기도 했고. 라인강을 따라 중세의 성들을 순례하곤 했던 일들이 아직도 기억에 새록새록 해요."

"그래, 언젠가 괴팅겐대학에 다니던 교수와 유학생 모두가 카츠성에 갔었지. 그 종루며 첨탑이며, 발아래로 내려다보이던 로렐라이의 거친 물결까지, 한 조각 한 조각 모두 우리 기억 어딘가에 새겨져 있을 거야."

"저는 공주가 갇혔던 방이 가장 기억에 남아요. 그리고 비천한 신분의 애인이 생을 마쳐야 했던 고문실도요."

이상한 일이었다. 청주에서 그랬던 것처럼, 비운의 사랑을 나누었던 공주와 그 애인을 떠올리면 가물가물한 의식 속에서 무언가 연기처럼 감겨 올라오는 듯한 기분이 드는 것이었다. 기연이 고개를 한쪽으로 향하며 멍한 표정을 짓자 안 교수가 놀리듯 말했다.

"여학생들은 한결같이 공주가 갇혔던 방을 보면 가슴이 아리다고 하더군. 역시 사랑의 본질은 비극인가 봐."

기연은 웃으며 휴대폰을 열어 김정진 교수에게서 받은 교황의 편지를 보여주었다.

"뭐야, 라틴어잖아. 이제 보니 일 시키러 오셨군. 내가 보고 싶어 온 게 아니라."

"교황의 편지인데 연구가 꽤 필요할 거예요."

"교황의 편지? 라틴어로 쓰였다면 옛날 얘긴데. 그렇다면 번역만 해서는 이해하지 못할걸."

"맞아요. 당시의 고유명사와 지금의 고유명사가 다 달라 그냥 번역만 해주시면 이해할 수 없어요."

"라틴어를 더 이상 어떤 나라에서도 안 쓰니 늘 발생하는 문제야. 라틴어 문헌은 단어 하나를 번역하려 해도 수백 가지 기록과 지명을 샅샅이 찾아야만 하지. 그래서 라틴어 하는 사람들은 자동적으로 역사학과 언어학의 도사가 돼버려."

"이 편지는 1333년에 교황이 아비뇽에서 쓴 거예요. 그런데 수신인이 레기 코룸으로 돼 있어, 과연 누구에게 보낸 거냐가 세계적 논쟁거리예요."

"레기 코룸? 코룸의 왕이라는 뜻인데."

"네. 그 코룸이 과연 어느 나라냐 하는 문제예요. 유럽의 일부 기독교사 연구자들과 우리나라의 직지 연구자들 사이에서는 코룸은 고려이고 레기는 충숙왕이라는 주장이 대두되고 있어요. 여기 수신인의 이름인 세케가 숙의 라틴어 발음일 수 있다고 하네요."

안 교수는 고개를 끄덕였다.

"숙은 다양하게 발음될 수 있는데 세케도 그중 하나야."

"라틴어라는 게 이미 죽어버린 언어라 그런지 이 수신인한 줄을 연구하는 데도 무지 애먹었다던데 아무래도 안 교수님은 나으시겠죠? 라틴어의 황제라 불리는 분이니."

"흐, 그 착하고 순수하기만 하던 기연이 이제는 카체가 되었네."

두 사람은 마주 보고 웃었다. 카체는 고양이를 이르는 독일어로 안 교수는 기연을 카츠성의 공주, 즉 고양이성의 공주에 빗대 농반진반의 웃음거리를 만들어낸 것이었다.

"여하튼 부탁해요."

"그래, 연락할게."

기연은 기대에 부풀어 교정을 나섰다.

종로경찰서의 분위기는 침울했고 반장의 푸념만이 길게 늘어졌다.

"진척이고 자시고 할 게 없당께. 일단 살해방식 자체가 금시초문이여. 대한민국 살인사건을 다 까뒤집어 봐도 동종 수법은커녕 사돈에 팔촌 같은 것도 안 나와. 이건 전례가 없는 사건이여. 게다가 피살자 주변이 또 겁나 깨끗해부러. 아, 거시기 살인이란 게 금전, 치정, 원한 셋 중 하난디 요놈은 어디에도 해당되지 않는구마. 그라믄 식구 중에서 정신병자라도 하나 튀어나와야 정석인디 이 양반은 아예 가족 자체가 없당께. 아, 미국 있는 아들 하나에, 사건 당일 일본으로 놀러간 마누라가 전부니 당최 용의자란 걸 찾을 수가 없어부러. 어째 더러운 사건에 오지게 걸려부렀구마."

경찰은 아직 행적수사를 하지 않았는지, 아니면 그냥 지나쳤는지 김정진 교수를 관련 인물로 떠올리지 않고 있었다.

"주변에 주차된 자동차에서 뭐 좀 나온 것 없어요?"

"이 옘병할 종자들이 현장 설거지에만 능한 게 아니라 쥐새끼같이 살살 기어 다니는지 블랙박스에도 그림자조차 안 남겨부렀어. 차는 실하게 서 있었는디 나오는 게 참말로 없구마. 머 하는 군상들인지는 몰라도 척 봐도 초일류여. 형사 생활 30년에 요따우로 희한한 건 처음이랑께. 이 쎄빠질 새끼들이 어째 요까지 기어와 옘병을 떠는지. 진짜 사람이 재수가 없어도 어쩌면 요로콤 없냐 이거여. 어디 쩌기 멀리 은평경찰서나 도봉경찰서 관내에나 가서 찌르든지 빨든지 지랄을 쳤으믄 참으로 쓰것구마."

기연은 반장의 푸념을 뒤로하고 경찰서를 나와 부근의 카페에 자리를 잡았다.

머그잔에 담겨 나온 진한 커피를 앞에 두고 사건을 정리하던 기연은 강철이빨을 끼고 피를 빨았다는 사실과 창으로 사람을 찔러 죽였다는 사실의 의미를 곱씹었다.

사실 그 정도의 프로라면 작은 칼 하나면 충분했을 것이고, 전 교수의 왜소한 체격이나 은퇴한 고령자라는 점을 감안하면 맨손으로 목을 조른다든지 해도 충분했을 터였다. 그럼에도 불구하고 굳이 피를 빨고 창을 써서 사람을 죽였다면 거기에는 분명 사람을 죽인다는 사실 이상의 의미가 있을 것이었다.

한참이나 무언가를 골똘히 생각하던 기연은 자리에서 일어나 인근의 정독도서관을 향해 발걸음을 옮겼다.

《세계살인대백과》,《살인의 역사》 같은 이상한 제목의 책들을 뽑아 든 기연은 가끔 휴대폰에 메모를 해가며 열심히 책을 읽어 내려갔다.

인류는 사람을 죽이는 방법에 대한 연구를 끊임없이 이어 왔다. 과거에는 어떻게 하면 좀 더 많은 고통을 줄 수 있는 가 하는 방향으로 생각이 집중되었다.

갖가지 연구의 결과는 고문과 극형을 통해 나타나곤 했는 데, 사람에게 극도의 고통과 공포를 주어 개인의 원한을 풀거나 권력에 순종하게 하는 데 목적이 있었다.

그러나 현대에 이르러서는 거꾸로 어떻게 하면 고통을 덜 주고 사람을 죽일 수 있는지가 초점이 되었다. 사형수도 국민의 일원이기 때문에 현대국가들은 사형수의 인권에 대해 고민했고, 죽음의 고통을 줄여주는 방법을 끊임없이 고안해냈다.

그간은 독극물 주사, 전기의자 등이 고통이 덜하고 사형수가 생을 완전히 마칠 때까지의 시간이 짧다고 생각했지만, 실제 죽는 사람에게는 그렇지 않을 수 있다는 의견이 대두됨에 따라 국가는 고통을 최대한 줄이며 사람을 죽이는 과학기술적 방법을 연구했고, 요즘에 이르러 최고의 방법은 질소 주입이라는 결론을 내렸다.

질소는 공기의 약 80퍼센트를 차지하지만 산소와 섞여 있는 자연상태에서는 인체와 반응하지 않는다. 그러나 순수 질소를 흡입하면 산소 부족으로 바로 정신을 잃는데, 다른 가스중독이 치명적 고통을 일으키는 데 반해 질소중독은 전혀 고통을 일으키지 않음이 증명되었다. 그러나 자살자 중에는 이 방법을 택하는 사람이 있지만 아직 질소를 주입해 사형을 집행하는 국가는 없는 형편이다.

(중략)

상징살인이란 사람을 죽일 때 살인현장에 장미꽃잎을 뿌리거나 물고기 표시를 하는 등의 상징적 행위로 행위자의 목적과 의지를 분명히 알리는 걸 말한다. 징벌과 경고가 본질이지만, 한편으로는 엘리트 살인자들이 살인의 정당성을 확보하고 죄의식을 희석하려는 목적도 있다.

이 상징살인은 역사적으로 개인보다는 주로 뚜렷한 목적을 가진 비밀단체에 의해 자행되며 수백 년 이상 베일에 싸인 채 계승되어 오기도 하는데, 각종 종교의 암살단에 의해 행해지는 살인이 그중 하나로 꼽힌다.

오랜 전통을 가진 어떤 비밀조직들은 따로 표식을 남기지 않고 자신들만의 독특한 살해방법이나 시신 훼손을 통해 징벌의 이유를 알리기도 한다. 악마 숭배에 대한 징벌로 눈을 꿰맨다든지, 신성모독에 대한 징벌로 입술을 꿰매거나 베어내는 것이 이에 해당한다.

"흐음!"

기연은 고개를 끄덕이면서도 반신반의했다. 아니, 반신반의하면서도 고개를 끄덕였다는 게 맞을 것이었다.

주요 내용을 휴대폰에 메모한 뒤 도서관을 나와 서소문의 신문사까지 걸어가면서 기연은 이 상징살인의 학문적 정의와 현장의 모습을 몇 번이나 비교하며 그려보았다. 이상하게도 책은 현장의 의문점을 신기하리만치 깨끗하게 정돈해주고 있었다.

범인이 현대의 그 누구도 쓰지 않는 창을 사용했다는 사실이나 강철이빨을 끼고 피를 빨아낸 전대미문의 기괴한 행위는 한국의 수사관들을 헤어날 수 없는 깊은 수렁에 빠뜨렸다. 하지만 이 책은 마치 난해한 그 현장을 분석하기 위해 쓰인 것처럼 떨어져 나간 귀, 강철이빨 그리고 창을 대수로울게 전혀 없다는 듯 형광등처럼 밝게 비추고 있는 것이었다.

기연은 현장의 구체적인 모습을 하나하나 이론에 대입해 보았다.

독특한 무기인 창은 이 범죄가 과거와 연계되었다고 볼 수 있는 연결점인데, 책의 저자는 상징살인이 과거로부터 계승되어 오고 있는 경우가 많다는 사실을 전하고 있었다.

또한 강철이빨을 사용하여 피를 빤 것이나 귀를 잘라낸 사실도 자신들만의 방식으로 시신을 훼손함으로써 징벌의 이유를 나타낸다는 책의 이론으로 설명되고 있어 기연은 마치 주술처럼 책에 빨려 들어갔다.

기연은 휴대폰을 꺼내 제목과 저자의 이름이 잘 저장되었는지 확인했다.

–《살인의 역사》이안 펨블턴. 블루펭귄 출판사.

기연이 저자의 이름 옆에 영국 최고의 수사 전문가라는 이력을 입력하고 나자 드르륵 소리와 함께 손에 쥔 휴대폰이 진동하면서 김정진 교수의 이름이 떴다.

"모레 용의자들이 대거 모이니 와서 관상들 좀 보세요."

"무슨 일이 있나요?"

"직지 연구자들이 다 모이는 직지축제요."

"한 달 전 전형우 교수님이 가셨을 때 모였던 사람들이 다 모이나요?"

"그래요."

"무슨 행사라도 있나요?"

"독일 마인츠에 있는 구텐베르크 박물관장을 비롯해 학자들이 와서 강연도 하고 심포지엄도 하니 용의자들이 넘치게 생겼어요. 김 기자 눈에 직지 관련자들은 다 용의자 아닙니까? 하하하하!"

기연은 일단 지나치게 꼬여 있는 김 교수를 좀 달래야겠다는 생각이 들었다.

"그럼요, 호호. 강력한 용의자죠."

기연의 농 섞인 한마디에 김 교수는 다소 기분이 풀렸는지 목소리를 누그러뜨리며 부연했다.

"모레부터 직지축제예요. 옛날 직지를 찍었던 흥덕사가 있었던 터에 고인쇄박물관이 있죠. 거기에 사람들이 몰려오고, 구텐베르크 박물관장은 청주대에서 강연을 할 예정이에요."

"그분은 무슨 강연을 하는 거죠?"

"직지축제 주최 측에서는 직지를 좀 칭송해달라는 심정으로 초청했는데 어떤 말을 할지는 본인 마음이에요. 근데 내 장담하지만 그 여자에게는 기대할 게 하나도 없어요. 한 마디로 불싯이에요, 불싯!"

"이상하군요. 직지가 현존하는 가장 오래된 금속활자본인데 좋게 말하지 않을 리가 있나요?"

"독일 놈들이 겉으로는 직지를 칭찬하지만 사실 속내는 그리 간단치 않아요. 같이 한번 가보지 않겠어요? 직지를 전파하려 애쓰는 애국자들을 살인범으로 보는 김 기자 색안경의 검정색이 싹 지워질 텐데."

"가면 사람들을 좀 소개해주셔야 해요."

"하하, 진짜 용의자를 찾으러 오겠다는 거군요. 어쨌든 좋아요. 와요."

그간 편치 않았던 분위기를 해소하려는 마음이 미세하게나마 두 사람의 대화에 흘렀고, 기연의 직지축제 참석은 농반진반으로 자연스럽게 결정되었다. 김 교수의 본심이 무엇인지 몰라도 기연은 직지축제에서 용의점 있는 사람들을 만날 가능성도 있는 데다 구텐베르크 박물관장의 강연도 듣고 싶어 만족스럽게 전화를 끊었다.

직지축제

직지축제가 시작되는 날, 기연은 일찌감치 청주행 고속버스에 몸을 실었다. 차창에 스치는 풍경에 눈을 맡기고 있었지만 기연의 머릿속은 그리 한가하지 않았다.

"도대체 의심해볼 만한 건덕지라는 게 씨알만큼도 없어부러."

경찰은 여전히 김 교수를 의심한다든지, 사건이 직지와 관련되었을 수 있다는 생각은 하지 못하고 있었다. 기연은 수사팀에 김 교수를 비롯해 전 교수의 편지 해석에 불만을 품은 사람들의 얘기를 해줄까 생각했다가 그만두었다.

분명 전 교수에게 배신감을 느낀 김 교수를 위시한 직지 연구자들에게 강력한 살해동기가 있지만 현장과 매치되지 않아 기연은 일단 직지축제 이후 다음 단계를 생각하기로 했다.

“김 기자!”

김정진 교수는 고속버스 터미널에서 기연을 기다리고 있다가 반갑게 맞았다. 범인이 외국인일 가능성이 뇌리를 어느 정도 채우고 있어 그런지 기연 또한 처음 그를 만났을 때보다 마음이 가벼워져 손을 흔들었다.

“잠시만이라도 전 교수 사건은 머리에서 지우고, 직지를 보는 세계의 시각이 어떤지 한번 느껴보지 않을래요?”

“네. 오늘은 순수하게 직지에 빠져보고 싶어서 왔어요.”

김 교수는 기연을 먼저 고인쇄박물관으로 안내했다.

“여기가 직지를 찍었던 흥덕사터로 청주시민의 자랑거리예요. 청주시에서는 이 지역을 흥덕구라 이름 붙여 역사를 기리고 고인쇄박물관을 세워 직지를 알리고 있어요.”

박물관은 초입에서부터 역사와 문화의 향기를 느낄 수 있도록 절터의 고풍스런 자취 속에 깔끔하고 아담하게 자리 잡고 있었다.

“아, 좋네요. 큰 박물관과는 달리 고즈넉한 역사의 향기가 곧바로 코에 스미는 것만 같아요. 그런데……”

“또 무슨 용의점이라도 찾았나요, 이 박물관에서?”

“그게 아니라 고인쇄박물관이란 이름이 참 무겁네요. 그보다는 이름을 직지박물관으로 고치는 게 낫겠어요. 이번에 독일에서 오는 강연자가 구텐베르크 박물관 관장이라 그랬죠? 구텐베르크 박물관이라 하니 이름 그 자체로 구텐베르크가 확 떠오르잖아요."

"김 기자 역시 날카롭네요. 나도 언젠가 그런 생각을 한 적이 있어요. 직지를 알리려고 그렇게 애를 쓰는 사람들이 정작 박물관 이름에는 직지를 빼버린 것이 좀 이상하기는 했어요."

김 교수가 하이파이브를 하자는 양 손바닥을 들자 기연 역시 손을 들어 살짝 부딪쳐주었다. 그러고 보니 살인사건의 용의자라는 생각만 지우면 김정진 교수는 그런대로 친근감이 들고 성격도 밝은 사람이었다. 하지만 기연의 마음 한구석에서는 어쩌면 오늘의 이 박물관 동행도 자신의 용의점을 벗기 위한 기획일 수 있다는 의구심이 살며시 고개를 들었다. 어쨌거나 그는 가장 뚜렷한 범행동기를 가진 사람이었다.

의심을 살 걸 뻔히 알면서도 노골적으로 전 교수가 배신했다고 털어놓으며 오늘의 이 직지축제까지 자신을 데려온 김정진 교수라는 사람을 함부로 속단해서는 안 된다는 경계심을 풀지 않은 채 기연은 관람을 시작했다.

"저 조그마한 나무 끝에 주렁주렁 매달린 네모난 열매들이 금속활자인가요?"

"흐, 재미난 표현이군요. 맞아요. 쇳물이 흐른 게 마치 밑

동에서 나뭇가지가 자라 나온 것 같지요. 금속활자를 만들 때 저런 형상이 생기는 이유는 나무에 글자를 새겨서 모래 속에 파묻었다 뺀 뒤 글자 모양으로 형성된 모래 터널을 따라 쇳물을 붓기 때문이에요."

"그렇게 되겠네요. 누구나 목판에 그냥 글자를 새겨 편하게 쓰면 그만이던 시절에 이런 과학적 구상을 하고 쇳물까지 녹여 금속활자를 만들겠다는 생각을 한 게 놀라워요."

"현대인의 가장 큰 오류는 과거를 함부로 무시한다는 사실이에요. 세상에는 현대의 기술이나 지식으로 이해하지 못하는 과거의 유산이 얼마든지 있어요."

"저는 옛사람들을 무시하는 게 아니라 그냥 목판을 써도 되는 걸 굳이 금속활자를 만들어 쓰겠다고 나선 인간의 그 열정이 존경스럽단 얘기예요. 그것도 고려시대에."

"사실 문화의 시각에서 봤을 때 고려는 대단한 나라예요. 조선에 워낙 뭉개져서 그렇지."

"조선이 고려를 뭉갰다는 거예요?"

"그렇고 말고요."

"왜죠? 학교에서는 보통 조선이 고려를 계승했다고 배우지 않나요?"

"단순히 연대기로 봤을 때 그렇다는 얘기지, 사실 조선은 고려를 지우려고 무진 애를 썼어요. 이성계의 집권부터 고려에 대한 모반이었잖아요. 원·명 교체기에 잃었던 요동 땅을 되찾고자 온 백성이 허리를 졸라가며 5만 정병을 만들어 내준 것 아닙니까? 그런데 그 군사를 몰고 고토를 회복하러 떠났던 자가 적과 싸우기 두려워 군사를 되돌려선 임금을 치고 스스로 왕이 된 거잖아요."

"그걸 부정하는 건 아니지만……."

"그러니 그다음 작업이 뭐겠어요? 고려는 엉망이다, 고려는 망해야 한다, 최영은 간신이고 정몽주는 수구다, 이런 거 아니겠어요? 무엇보다도 조선시대부터는 중국과 대립한다는 건 아예 생각도 못하게 됐으니 그게 가장 큰 문제예요. 대립은커녕 500년이나 중국을 모시고 살았으니."

"고려에 미련이 많으신 모양이에요."

"고려와 조선은 나라 이름을 짓는 과정부터 확연히 다르잖아요. 고려는 옛 고구려의 정신을 잇고 고구려의 고토를 회복하겠다는 기상으로 나라 이름을 고려라 지었는데, 이성계는 중국에 나라 이름 두 개를 보내 찍어달라 그랬던 거 아니에요. 조선과 화령. 중국 놈들이 조선으로 하라 해서 그게 국명이 되었으니 세상에 이런 나라가 어디 있어요?"

"민족사라는 거대한 맥락에서 보면 안타깝기 그지없는 일이지만, 이성계로서도 개혁을 이루겠다는 포부가 있지 않았을까요?"

"정치란 어차피 백 명이 하면 백 가지 이유가 있으니 그런 걸 분류하고 싶은 생각은 없어요. 외적을 치러 나간 놈이 지가 겁이 난 걸 숨기려니 그다음부터는 중국을 하늘로 모셔야 한다는 사상을 내놓을밖에. 작은 나라가 큰 나라를 치면 안 된다는 웃기는 논리가 그거 아니에요?"

"당시 고려 조정이 너무 무능해서 의기를 참지 못하고 일어섰을 수도 있지 않나요?"

"그런 의기가 있는 자가 나라 이름을 중국에다 지어달라고 해요? 옆 나라에 자기 나라 이름을 지어달라는 게 뭘 말하는 거예요? 죽자 사자 꼬리 치며 살고 싶다는 뜻 아녜요?"

"참, 고구려가 700년이나 지속된 나라임에도 불구하고 고구려 자체의 기록이 종이 한 장 남아 있지 않은 건 미스터리예요. 저는 중국인들이 다 없애지 않았나 생각했는데."

"한 나라의 역사 기록을 외국인이 다 없앤다는 건 불가능해요. 설사 수백 년 지배한다 하더라도."

"그건 그러네요."

"조선의 유약한 왕이나 중국을 하늘로 알았던 양반 나부랭이들 사상으로는 중국과 싸웠던 고구려는 존재해선 안 되는 불경한 나라였던 거예요."

"참!"

기연의 입술에서는 자신도 모르게 탄식이 흘러나왔지만, 순식간에 걷잡을 수 없는 분노를 토해내는 김 교수를 보며 이 정도면 배신자 전 교수를 죽이고도 남을 인물이라는 생각이 들었다. 지난번에도 전 교수를 존대하고 존중하다 갑자기 화를 내며 배신자란 말을 뱉어내던 모습이 기연의 뇌리에 백열등 켜지듯 확 떠올랐다.

"고려는 대단한 문화국이었어요. 고려의 최대 수출품이 뭔지 아세요?"

"아마도 고려청자?"

"네, 물론 고려청자가 대단하죠. 하지만 더욱 놀라운 사실은 고려의 최대 수출품이 책이었다는 거예요. 그것도 중국에 말이에요."

"아, 그런가요?"

"책은 최고의 문화국만이 수출하는 거예요. 팔만대장경만 봐도 고려가 엄청난 문화국임을 알 수 있지만, 당시 최고의 품질을 자랑하던 잠견지蠶繭紙를 만들고 책을 수출하던 나라가 바로 고려예요. 조선에 뭉개졌지만 고려는 정신도 문화도 대단했던 나라예요. 세계 최초로 금속활자를 만들었다는 사실이 바로 그걸 얘기하고 있잖아요."

"갑자기 안타까워지네요. 고려라는 우리의 나라가."

"그러니 고려 최고의 유산인 직지를 잘 살려야 해요."

기연은 고개를 끄덕였으나 김정진 교수의 열정을 느낄수록 마음속에서는 전 교수를 배신자라 규정했던 그의 용의점이 꼿꼿이 고개를 든 채 사그라지지 않았다.

"화를 좀 가라앉히시고 이제 전시품들을 설명해주세요."

발걸음을 옮겨 입구에 들어서자마자 금속활자로 인쇄된 직지 모형이 기연을 압도했다. 전시실에는 신라 및 고려, 조선의 목판과 금속활자, 목활자로 찍은 고서와 흥덕사터 출토 유물, 인쇄기구 등이 진열되어 있었고, 직지를 인쇄했던 방법과 과정을 보여주는 갖가지 자료가 있었다.

직지의 활자는 나무에 글자를 새겨 이것을 주물사라는 모래 속에 넣었다 뺌으로써 모래 속에 글자의 음각이 남도록 하고 탕로를 만들어 거기에 쇳물을 붓는 방식으로 활자가지쇄를 완성하는, 재미있고도 신기한 방식으로 만들어지고 있었다.

또한 직지는 백운화상의 제자인 석찬과 달잠이 묘덕의 시주를 받아 만들어졌다는 설명과 더불어 그 내용의 일부가 소개되어 있었다. 한결같이 아름다운 시구 속에 심상한 의미를 담아낸 책이었다.

 ─아지랑이는 본래 물이 아닌데 목마른 사슴은 알지 못해 부질없이 헤맨다.

 ─자신이 어리석어 진실하지 않으면서 세상을 헛되고 헛되다 하네.

 ─진리는 원래 형체도 없어 집착이 없고 구름처럼 모였다 흩어지네.

 ─어느 날 스스로 성품이 원래 비어 있음을 깨달으면 열병에 땀을 내듯 후련하리.

 ─흐린 날…… 비 쏟아져 뜰에 물 고이더니…… 물 위에 동동 거품 일어나는 것이 보이네.

 ─앞의 것이 이미 사라지는가 하더니 뒤의 것이 다시 생기고…… 앞과 뒤가 서로 이어져 진리에 닿을지니.

 뜻밖인 것은 조선시대의 인쇄 관련 규정이었는데, 엄격하기 짝이 없는 중벌로 인쇄의 전 과정을 다스리고 있었다.

 ─서책을 찍어낼 때 감교관, 창준, 균자장은 인쇄된 책 한 권당 글자 한 자의 착오가 있을 경우 30대의 매를 치고, 한

자가 더 틀렸을 때마다 한 대를 더 때린다.

ㅡ인출장은 인쇄된 책 한 권당 글자 한 자가 먹이 진하거나 혹은 희미하면 30대의 매를 치고, 한 자마다 한 대를 더 때리며, 그 글자 수를 계산하여 죄를 다스린다.

ㅡ글자 수를 모두 합친 벌로서 관원은 다섯 자 이상인 경우는 파출하고, 창준 이하의 장인은 죄를 논한 뒤 근무 50일을 삭제하여 감봉하며, 이들은 죄가 사면되기 전에는 다시 쓰지 않는다.

"무서워 까무러칠 정도네요. 이 정도라면 저는 매일 매를 천 대 이상 맞아야겠어요. 컴퓨터처럼 편한 장치로 작업을 해도 기사가 되어 나온 걸 보면 오탈자가 부지기수이니."

"과정이 복잡하고 물자가 귀하다 보니 그랬겠지요."

"이제 대략 본 것 같으니 강연장으로 가볼까요?"

강연장으로 가는 차 안에서도 두 사람의 대화는 직지에 초점이 고정되어 있었다.

"그런데 직지를 살리려면 뭘 해야 하는 거지요? 교황청 편지의 수신인이 고려 충숙왕이라는 사실을 증명하는 것도 거기 포함되나요?"

김 교수는 잠시 생각하고는 대답했다.

"적어도 확고한 증거 없이 오랫동안 외국의 학자들이 긍정한 것을 부정하는 행위는 하지 말아야죠."

"그런 행위를 하는 사람은 누구든 김 교수님께 미움을 받겠군요."

"올바르지 않은 행동이에요."

"호호, 미움을 넘어 증오의 대상도 되겠네요."

"김 기자는 서시西施 같다는 생각이 들어요."

"네? 서시?"

"참 아름다운 여성인데 웃음 속에 늘 비수를 품고 있잖아요."

"제가 그런가요?"

구텐베르크의 초상화

청주대학교에 마련된 강연장은 예상외로 청중으로 꽉 차 있었다. 겨우 자리를 잡고 앉은 기연은 사회자의 소개를 받고 걸어 나오는 강연자에게 박수를 보내며 말했다.

"아, 놀랍네요. 이렇게나 열기가 뜨거울 줄은 몰랐어요."

"청주시의 각별한 노력으로 이제는 직지축제가 문화와 인문학에 목마른 국민들이 가장 즐겨 찾는 대표 축제가 되었어요."

"저 금발 여성이 구텐베르크 박물관장인가요?"

"네. 루드비히 아네트."

기연은 강연자를 보는 김 교수의 눈매가 그리 푸근하지 않은 걸 놓치지 않았다. 그의 눈초리는 어딘지 약간 긴장했거나 조바심을 띠고 있었다.

"구텐베르크의 금속활자는 직지와 주조법이 근본적으로

다릅니다."

"비치!"

기연은 갑자기 곁에서 터져 나온 김 교수의 목소리에 놀라지 않을 수 없었다.

"네? 뭐라고요?"

"비치 말이에요. 비치."

기연은 제대로 놀랐다. 설마 했더니 정말 김 교수는 구텐베르크 박물관장을 향해 지독한 욕지거리를 내뱉은 것이었다. 미국에서 유학한 그로서는 '비치'라는 말을 기연이 이해하고 있는 것보다 가볍게 썼을지 모르나, 어쨌든 그는 강연자를 보고 저주를 내뱉듯 매몰차게 비치라는 말을 반복한 것이었다.

"그거 욕이에요?"

굳이 물을 필요도 없이 김 교수의 입에서 튀어나온 그 말은 분명 암캐라는 뜻으로 여자를 비하하는 말이었다.

"나쁜 년!"

기연의 물음에 김 교수는 이제 한국어로 자신이 내뱉고 있는 몇 마디가 욕설임을 분명히 했지만, 기연은 그가 강연자를 욕하는 이유를 전혀 짐작할 수 없었다.

"왜요?"

"미친 년!"

대답 대신 튀어나온 김 교수의 거친 욕설에 기연은 놀라움을 가라앉히지 못한 채 의문이 가득 담긴 눈길로 강단에 자리 잡은 여성을 좇으며 강연을 마칠 때까지 그녀의 말에 세심히 귀를 기울였다.

"구텐베르크와 직지의 금속활자는 주조방식이 다릅니다. 구텐베르크는 단단한 재질의 금속막대에 글자를 도드라지게 새긴 후 이를 연한 재질의 금속에 대고 두들겨 글자 모양을 각인했습니다. 그런 다음 쇳물을 부어 활자를 만들었는데, 직지는 이와 달리 나무로 글자를 만들어 모래 속에 넣어 공간을 형성하고 거기에 쇳물을 부어 굳힙니다. 또한 직지가 보존을 위해 만들어졌다면, 구텐베르크의 활자는 돈벌이를 위해 만들어졌습니다. 어느 나라의 활자가 우수한지를 비교하는 게 아니라 동등한 위치에 놓고 어떤 차이가 있는지를 연구해야 합니다."

일사천리로 얘기를 쏟아낸 루드비히 관장이 만족스런 얼굴로 고개를 숙이자 청중석에서 박수가 쏟아졌다.

"무슨 문제가 있는 거죠? 다 좋은 얘기로만 들리는데."

"일반인들은 저년이 왜 저러는지 알 수 없어요."

기연의 뇌리에는 다시금 어쩔 수 없이 김 교수에 대한 경각심과 의구심이 생겨났다. 이런 아무렇지도 않은 일에 혼자 극도로 흥분해서 여성에게, 그것도 축제에 초청받은 강연자에게 욕지거리를 내뱉는 사람이라면 배신의 아이콘 전 교수에게 무슨 일을 저지르지 않았다고 단정하는 게 오히려 이상할 것 같았다.

"사람들 좀 소개해주세요."

분노조절 장애가 있어 보이는 김 교수의 이 놀라운 행태에 잠시 축제에 온 기분이었던 기연은 정신이 번쩍 들었다. 기연은 즉각 자신이 청주에 온 목적을 떠올렸다. 자신은 용의점이 있는 사람들을 관찰하러 온 것이고, 김 교수는 원래부터 용의자라 겉과 달리 속으로는 냉정한 눈초리로 살펴야 한다는 걸 상기하며 기연은 아무렇지도 않은 듯 분위기를 바꾸었다.

"그러죠."

김 교수는 기연을 데리고 사람들과 인사를 나누고 있는 루드비히 관장 앞으로 다가갔다. 루드비히 관장은 김 교수를 보고 미소 띠며 인사를 건넸으나 김 교수는 반가운 기색을 보이지 않고 기연을 소개했다. 기연이 명함을 내밀자 루드비히 관장은 찬찬히 명함을 살피고는 반갑게 손을 내밀었다.

"강연 잘 들었어요."

기연이 독일어로 인사를 건네자 루드비히 관장이 반색했다.

"예전에는 독일어를 하는 한국인들이 곧잘 있었는데 요즘은 정말 보기 힘들어요. 그 유창한 독일어는 어디서 배웠어요?"

"괴팅겐에 3년간 있었어요."

"그럼 괴팅겐대학?"

"네. 거기서 독문학을 공부했어요."

"아, 독문학을 공부했다니 더 반갑네요."

김 교수는 기연이 루드비히 관장과 오래 얘기하는 것이 탐탁지 않은지 주변에 웅성거리고 있던 몇 사람을 불렀다.

"김 기자, 인사해요. 바티칸에 가서 바로 그 편지를 촬영한 다큐멘터리 팀이에요."

기연은 가벼운 웃음으로 루드비히 관장과 작별한 다음 일부러 천천히 명함을 건네며 다큐멘터리 팀 한 사람 한 사람의 얼굴을 살폈다. 사람들이 평범하고 온순해 특별히 범죄와 연관시키기는 어려워 보였으나, 감독이라는 사람은 눈길이 평범해 보이지 않는 위인이었다. 표정은 부드럽지만 얼굴 한편에 목적을 이루기 위해서는 뭐든 할 수 있다는 자신감이랄까 고집 같은 게 배어 있었다. 기연은 명함을 교환하며 가볍고 밝은 목소리로 대화를 이끌었다.

"바티칸까지 가서 교황의 편지를 찍어 오는 일이 쉽지 않았을 텐데요."

"네, 그것도 먼저 프랑스 아비뇽에 갔었지요. 그 편지를 보낸 1333년에는 교황이 아비뇽의 교황청에 있었으니까요."

"편지의 보존 상태가 어땠나요? 700년 전 물건이라 자칫하면 종이가 부스러질 것 같은데요."

"편지는 양피지에 쓰였어요. 사실 양피지라는 게 참 얻기가 어려워요. 양 한 마리를 잡으면 겨우 몇 장 나오니까요. 양을 잡아서 껍질을 벗기고 삶아서 말린 다음 무두질로 편평하게 펴서 글을 썼는데 두껍고 불편하지만 보존성은 종이에 비할 바가 아니에요."

"교황청에서 편지를 쉽게 내주지 않았을 것 같은데요?"

"그럼요. 아주 신줏단지 모시듯 하죠. 일단 그 방에 들어가는 데만 우리 돈으로 200만 원가량을 내야 해요. 그나마 아무에게나 허용하지도 않고 특정한 방에서만 열람이 가능해요. 그리고 연구자가 있는데 그 사람이 수장고에서 편지를 들고 와요. 그 연구자에게도 돈을 줘야 하고 촬영하는 것도 따로 돈을 줘야 해요. 호호, 모두 천만 원가량 들었죠."

"피눈물 났겠는데요."

"물론이죠."

"전형우 교수님을 아세요?"

"아, 그분. 네."

"만난 적 있으세요?"

"음, 그분이 뭐 하시는 분이더라……. 이름이 귀에 익어 대답은 했지만 막상 기억이 안 나네."

감독의 눈길은 김 교수를 향했고 김 교수는 대수롭지 않다는 듯 툭 내뱉었다.

"그 라틴어 하시는 교수님. 나랑 같이 만났잖아, 내 연구실에서."

"아, 그분이군요. 그러고 보니 만난 적 있어요."

기연의 기습적인 질문에 감독은 정말 기억이 안 났는지, 아니면 의도적으로 모른 척한 건지 알 수 없었다. 그는 나름대로 자연스럽게 대처했지만 기연의 뇌리에는 짙은 의구심이 피어올랐다. 로마까지 가서 교황의 편지를 촬영해 왔다면 그 해석이 누구보다도 궁금했을 사람이 바로 이 감독일 텐데, 편지의 해석을 맡았던 전 교수를 즉각 떠올리지 못한다는 건 말이 안 되는 얘기였다.

"자, 그럼 바쁘실 테니 나중에 또 연락 나누기로 해요. 축제라 이것저것 찍어둬야 하거든요."

감독은 꾸뻑 고개를 숙여 보이며 카메라를 눈에 대고 두리번거리며 서둘러 나가버렸다.

"자, 이제 어디 가서 점심 먹어요. 청주까지 오셨으니 내가 사드려야지."

기연은 조금 전 김정진 교수의 거친 모습을 보았던 터라 같이 점심을 먹고 싶은 마음이 사라졌지만 좀 더 물어볼 게 있어 고개를 끄덕였다.

"커피숍에서 케이크나 한 조각 먹는 건 어떨까요?"

"그게 좋다면 그렇게 해요. 마침 부근에 치즈케이크가 맛있는 집이 있어요."

커피 잔을 마주 놓고 앉은 기연은 루드비히 관장의 강연 얘기를 꺼냈다.

"그런데 아까 왜 그렇게 심한 욕을 하셨죠? 별문제 없어 보이던데요."

"그 여자는 심한 콤플렉스에 빠져 있어요."

김 교수의 입에서는 생각지도 못한 얘기가 흘러나왔다.

"무슨 콤플렉스요?"

"잘 들어보면 그 여자 얘기는 직지와 구텐베르크의 활자가 서로 다르다는 데 방점이 찍혀 있어요."

"네, 그 얘기를 했죠. 하지만 다른 게 당연하잖아요. 그리고 어느 것이 우수한지에 초점을 두지 말고, 동일한 위치에

101

놓고 그 차이점을 비교해야 한다고도 했죠. 다 옳은 말 아닌가요?"

"5G 폰 갖고 있는 놈이 2G 폰 갖고 있는 놈한테 어느 게 우수한지 초점을 두지 말고 차이점을 연구하자는 게 말이 돼요? 그런 경우 2G는 당연히 내가 원조야, 라고 말해야 하는 거 아니에요?"

"네?"

"김 기자는 이제 직지를 다 안다 생각하겠죠. 하지만 직지는 그리 간단하지 않아요. 전 교수 피살사건을 조사하느라 여기 왔겠지만, 설혹 직지를 사랑하는 어느 누가 그를 살해했다 하더라도 그에게 책임을 물을 수는 없어요. 왠지 알아요?"

"왜요?"

"볼테르가 얘기했죠. 누구도 자기가 실행하지 않은 선善으로부터 자유로울 수 없다고. 직지를 사랑하고 보호하려는 사람 중 누군가가 전 교수를 죽여도 나는 그 범인이 최소한 직지에 전혀 무관심하거나 직지의 진실이 묻히는 걸 방관하고 있었던 사람들보다 낫다고 생각해요."

김 교수의 입에서는 갑자기 생각지도 못한 말이 튀어나왔다. 듣기에 따라서는 전 교수를 죽인 자가 직지 관련자들 중에 있다는 고백일 수도 있는 말이었다.

"아까 다큐 감독의 긴장을 풀어놓은 다음 기습적으로 전 교수를 아느냐 물은 건 정말 비겁했어요. 그 사람은 아무도 직지에 주목하지 않을 때 온갖 고생을 무릅쓰고 아비뇽으로, 바티칸으로 다니면서 직지의 흔적을 찾으려고 시간과 땀과 돈을 다 바친 사람이에요. 그런데 김 기자는 그에게 수고했다는 말 한마디는커녕 그를 살인범으로 보더군요. 물론 사건 기자인 당신에게 직지 운운하는 건 의미가 없을 수도 있겠지요. 당신은 당신의 일을 하는 게 맞아요. 그러나 최소한 직지를 왜곡하지는 말아야지. 그렇게 고생해서 촬영해온 편지를 잠시 들여다보고 부정해버려선 안 된단 말이에요."

"그런데 아까 다큐 감독은 왜 전 교수를 모르는 체했던 거죠? 모르려야 모를 수 없는 사람인데요."

"실제로 잘 몰라요. 감독이 내게 갖고 온 편지의 사본을 내가 전 교수님께 의뢰했으니."

"제가 보기에는 다큐 감독이 가장 확실한 살해동기를 가진 것 같아요. 수년간 고생하며 곳곳을 헤맸고 돈과 시간을 그렇게 써가며 편지를 입수했는데 전 교수가 단칼에 부정해버렸으니."

"직지를 아끼는 사람 중 어느 누군가가 범행을 저질렀을 가능성이 있다는 사실까지 부정하지는 않겠어요. 하지만 범위를 그렇게 좁히지는 말아요. 세상에는 우리가 알지 못하는 직지 애국자가 많으니까."

"물론 누구라고 단정하지는 않아요. 용의점이 있는 사람들을 떠올려보는 거예요."

"내 솔직한 심정은 말이에요, 이 사건은 그냥 덮었으면 좋겠어요. 누가 했든 애국자잖아요."

김 교수는 한마디로 종잡을 수 없는 사람이었다. 교수라는 신분에 전혀 어울리지 않게 살인자를 애국자라 치켜세우며 덮어두자는 말도 그렇거니와, 도대체 다큐 감독을 보호하는 건지 아니면 범인이라고 고자질하는 건지 판단이 애매한 말을 아무렇지도 않게 내뱉고 있었다. 그런데 진짜 문제는 그에게 분노조절 장애 같은 것이 있어 마음대로 내지르는 건지, 아니면 이 모든 것을 치밀하게 계산한 건지 알 수 없다는 데 있었다.

"아까 루드비히 관장이 콤플렉스에 빠져 있다 하셨는데 그럴 리가 있나요? 구텐베르크의 활자가 훨씬 나은데 왜 콤플렉스에 빠져 있다는 거예요?"

"그 여자의 콤플렉스는 한 장의 초상화로부터 비롯되었어요."

"초상화? 누구의 초상화죠?"

"생각해봐요. 누구의 초상화겠어요?"

"혹시 구텐베르크?"

"그래요."

"루드비히 관장의 콤플렉스가 구텐베르크의 초상화로부터 비롯되었다니 흥미롭군요. 무슨 사연이 있는 거죠?"

"오랜 옛날부터 구텐베르크의 초상화가 전해 내려오는데, 그 초상화에는 결코 지나칠 수 없는 두 가지 특이점이 있어요."

"뭐예요?"

"하나는 구텐베르크가 중국 옷, 정확하게는 원나라 사람의 복식을 하고 있다는 사실이에요."

"그 의미는요?"

"그가 원나라에서 전해진 문물에 심취했었다는 뜻입니다."

"또 하나는요?"

"그 초상화에서 구텐베르크는 손에 알파벳이 새겨진 금속 판이랄지 도구랄지 할 수 있는 걸 들고 있는데, 이것이 직지를 만들 때 생기는 활자가지처럼 보인다는 겁니다."

기연은 조금 전 고인쇄박물관에서 보았던, 나뭇가지 끝에 마치 열매처럼 활자를 매달고 있던 활자가지를 떠올렸다.

"이 초상화를 그림 그대로 해석하면 구텐베르크는 원나라의 영향을 받아 금속활자를 만들었다는 논리가 성립하는데 그 당시 원나라가 금속활자를 가졌던 건 아니지만 금속활자의 나라 고려를 부마국으로 가지고 있었던 겁니다."

"결국 그 초상화는 구텐베르크의 금속활자가 고려에서 전해졌을 가능성이 있다는 걸 나타낸다는 거군요."

"네. 번연히 초상화로 남겨진 것을 그 여자는 모조리 거부하고 있어요. 고려의 금속활자가 몽골을 거쳐 유럽에 전해져 구텐베르크에게까지 닿았다는 사실에 대한 저 여자의 반응은 거의 히스테리예요. 미쳐 날뛴단 말입니다."

김 교수의 말 중에 튀어나온 부마국이란 단어는 기연의 머리에 불씨를 튀겼다.

충숙왕.

교황청 편지의 수신인인 충숙왕은 충 자가 붙은 다른 왕들과 마찬가지로 원나라 공주를 비로 맞아야 했으므로 그는 원 왕실의 부마요, 고려는 자연히 부마국일 수밖에 없었다. 충 자가 붙은 왕들의 시대에 고려와 원은 다양한 문물의 교류를 빈번히 이어갔으며, 당시 북경에는 만권당이라는 공간이 있어 고려와 원의 지식인들이 매일같이 교류했다는 역사적 사실이 기연의 뇌리에 떠올랐다. 만권당이란 만 권의 책을 비치해둔 집이란 뜻으로 일종의 도서관이었다. 당시 서적이 고려의 대표적 수출품이었음을 감안할 때 그 책들은 대부분 고려에서 수입했을 가능성이 컸다.

언론고시를 준비하며 닳고 닳도록 넘겼던 대여섯 권의 국사 참고서에 빼곡히 적혀 있던 사실들이 기연의 머릿속에서 연이어 되살아났다.

"구텐베르크의 초상화 얘기를 듣고 보니 정말 전 교수가 경솔했을 수 있다는 생각이 들어요. 구텐베르크가 원과 교류했다면 포교를 위해 전 세계에 수도사들을 보냈던 교황청도 당연히 원과 교류가 있었을 테고, 그렇다면 교황이 원의 부마국인 고려의 충숙왕에게도 편지를 보낼 수 있었겠는데요."

기연은 충 자가 붙은 고려왕 중에는 어려서 북경에 인질로 끌려가 고려 말을 할 줄 모르는 왕도 있었고, 심지어 고려에서 즉위식을 한 뒤 중국으로 되돌아가 돌아오지 않은 왕도 있음을 떠올렸다. 그렇다면 교황이 북경에 있는 고려왕에게 서한을 보냈을 가능성은 얼마든지 있는 것이었다.

"그 초상화를 한번 보고 싶군요."

"인터넷에 구텐베르크의 초상이라고 검색하면 얼마든지 볼 수 있어요."

기연이 지체하지 않고 휴대폰에 검색어를 입력하자 바로 구텐베르크의 초상화가 떴다.

"아!"

김 교수의 말대로 과연 구텐베르크는 원나라 복식에 손에는 활자가지와 유사해 보이는 뭔가를 들고 있어 기연은 놀라움을 억누를 수 없었다. 정말 교황은 충숙왕에게 편지를 보냈었고 직지는 구텐베르크에게 전해졌던 것인가.

생각이 여기에 미치자 기연은 김 교수를 이해할 수 있을 것 같기도 했다. 그가 루드비히 관장을 향해 퍼부었던 욕설은 인류의 삶을 바꾼 최고의 발명품으로 칭송받는 구텐베르크 활자에 비해 형편없는 푸대접을 받고 있는 직지를 보며 느끼는 빼앗긴 자의 분노일 수 있겠다는 생각이 들었던 것이다.

"루드비히 관장은 이 초상화가 내포한 직지의 유럽 전파 가능성을 부정하나요?"

"말하면 잔소리요. 그 여자가 자꾸 활자의 제조방법이 다르다고 말하는 데 주목해야 해요. 두 활자의 주조법이 다르다는 건 직지가 결코 구텐베르크에게 전해지지 않았다는 얘기나 다름없잖아요."

"그러네요."

"그리고 직지는 보존을 위해 만들어졌고 구텐베르크의 활자는 돈벌이를 위해 만들어졌다는 말에도 함정이 있어요. 즉 직지는 아무것도 기여한 게 없고 구텐베르크의 활자는 세상을 바꿨다는 걸로 은근히 직지를 깔아뭉개는 겁니다."

기연은 고개를 끄덕였다. 하지만 김 교수에게 공감을 할수록 그와 직지 연구자들의 용의점은 더욱 확실해지는 것이었다.

"전 교수에 대해 직지 연구자들이 느낀 분노가 이제 확실히 이해가 가네요. 비록 교황의 편지가 직지와 직접적 관련이 없다 하더라도 고려와 유럽 간에 왕래가 있었다는 간접 증거이고, 원나라 복식에 활자가지를 들고 있는 구텐베르크의 초상화는 활자가 유럽으로 건너갔을 거라는 가정을 확신으로 바꿔주는군요."

"바로 그거예요."

"알겠어요. 그런데 혹시 누가 전 교수를 살해했다는 느낌이 드는지 귀띔해줄 수는 없어요? 아까 그 감독도 동기가 확실하긴 하던데요. 그렇게나 돈도 많이 들이고 노심초사하며 찍어 온 편지를 일거에 부정해버린 전 교수가 얼마나 밉겠어요. 그리고 김 교수님도요. 루드비히 관장에게 보이던 분노를 생각하면 얼마든지 가능성이 있을 것 같던데요."

기연이 농담을 섞어 질문의 무게를 줄였지만 김 교수는 의외로 진지하게 받아들였다.

"직지를 알리는 일을 오래 하다 보니 좀 과하다 싶을 정도로 격한 반응을 보이는 사람들이 있었어요. 특별한 연구자는 아니지만 구텐베르크의 초상화에 활자가지가 그려져 있는데, 왜 직지의 유럽 전파를 교과서에 싣지 않느냐며 싸우려

드는 사람들이 있던란 말이에요. 하지만 살인을 저지를 만한 인간은 절대 아니에요. 직지를 아끼는 사람들은 한결같이 인문주의자에 도덕심도 월등히 높아요."

기연은 웃으며 자리에서 일어났다. 과격한 사람들을 들먹이는 게 그의 치밀한 계산이라 할지라도 구텐베르크의 초상화를 알고 난 지금 김 교수의 부정적 이미지는 크게 완화되었던 것이다.

김 교수와 헤어진 기연은 루드비히 관장의 명함을 꺼냈다. 다행히도 공항에서 전화기를 빌렸는지 명함에는 손글씨로 한국 휴대폰 번호가 씌어 있었다.

기연이 전화를 걸어 독일어로 인터뷰를 청하자 루드비히 관장은 크게 반겼고, 두 사람은 이내 커피 잔을 앞에 두고 마주했다.

"통역 없이 대화하니 이보다 편할 수 없네요."

기연이 이것저것 묻고 나서 구텐베르크의 초상화 얘기를 꺼내자 루드비히 관장은 단호하게 말을 잘랐다.

"그게 구텐베르크인지 확실하지도 않지만, 설사 구텐베르크라 하더라도 그의 생전에 그려진 게 아니에요."

"네?"

"그 초상화는 그가 죽은 지 100년 뒤에 그려진 거예요. 아시겠어요?"

"그렇다면?"

"그가 입은 옷도, 그가 손에 들고 있는 활자가지 같은 것도 모두 덧씌워진 거예요."

"그럴 리가……?"

"초상화라는 게 뭐죠? 산 사람을 그린 것 아니에요? 그가 들고 있는 기구가 진실성을 가지려면 살았을 때 그려진 것이어야 하죠. 죽고 나서 100년이 지나 그려진 그림, 화가가 제멋대로 상상해서 그려 넣은 걸 진실이라 주장하는 게 정상입니까?"

"그러나 화가가 아무 근거도 없이 그런 걸 그려 넣었을 것 같지는 않은데요. 한국 속담에 '아니 땐 굴뚝에 연기 날까'라는 말이 있거든요."

기연은 달리 할 말이 없어 한마디를 남기고 자리에서 일어났다.

편지의 해석

경찰은 뒤늦게 전 교수의 최근 움직임을 조사해 김정진 교수를 비롯한 몇 사람을 대상으로 전 교수의 행적에 대한 탐문을 이어갔다. 하지만 모두 살인과는 너무도 거리가 먼 사람들이라 아예 용의선상에 올리지도 않고 있었다.

귀를 베어내고 피까지 빨았다는 과학수사의 감식 결과와 전형우 교수 주변의 인물 면면을 비교하면 경찰의 판단을 잘못이라고 할 사람은 없을 터였다. 워낙 나오는 게 없다 보니 비록 현장은 참혹했으나 그에 반비례해 경찰의 수사 의지는 빠른 속도로 메말라갔다. 직지축제에서 용의점이 있는 사람들을 찾아보려 했던 기연 역시 답답함을 금할 수 없었다. 한결같이 선하게만 보이는 그들의 이미지와 현장 사이의 간극이 너무나 컸다.

경찰서 앞 카페에서 얼음 섞인 콜드 브루 커피를 찬찬히 마시며 눈을 가리는 게 없는지 하나하나 짚어보던 기연은 《살인의 역사》를 떠올렸다. 이 책의 저자는 마치 직접 보기라도 한 듯 현장을 정확하게 설명하고 있지 않았나.

"그렇다면!"

신기할 정도로 현장을 설명하는 저자가 외국인인 만큼 범인도 외국인이어야 마땅하지 않은가 하는 생각이 스치자 갑자기 기연의 머릿속이 확 밝아졌다. 왜 진작 외국인이라는 확신을 갖지 못했던가. 교황청 편지 해석에 대한 불만이 범행 동기라 보고 범인은 무조건 한국인일 것이라 속단했던 탓에 외국인의 범죄 가능성을 간과했던 것이다. 하지만 현장을 따라가 보니 그것은 분명 유럽의 중세풍이었다.

그러자 근래 몽환처럼 피어오르던 한 장면이 다가왔다. 그것은 바로 공주의 애인이 고통을 당해야만 했던 고성의 고문실에 관한 기억이었다. 카츠성을 비롯해 중세의 성에는 예외 없이 존재했던 고문실. 손과 발을 옥죄는 쇠고랑과 톱니와 체인으로 만들어진 기괴한 도구, 귀를 잘라내고 코를 깎아내는 용도의 기구, 그리고 최후의 일격을 위한 길고 짧은 갖가지 창들.

"아!"

기연은 예전 중세의 성에서 보았던 그 기괴한 고문과 처형의 도구들이 최근 왜 두 번이나 떠올랐는지 이제 알 것 같았다. 잠재의식 깊숙이 가라앉아 있어 그간 느끼지는 못했지만, 전 교수의 피살현장에서 자신을 압도했던 잔혹한 광경은 과거 음산한 분위기의 지하 고문실에서 보고 상상했던 모습들과 의식 저 너머에서 교차하고 있었다.

곰곰 생각하던 기연은 김정진 교수의 전화번호를 눌렀다.

"교황의 편지를 입수한 경위에 불법이나 부정 같은 건 없었겠죠?"

"물론이지요. 다큐멘터리 팀이 바티칸에서 비용을 지불하고 촬영했어요. 또한 바티칸 수장고의 관리신부가 우리나라의 세계종교평화협의회에 정식으로 그 편지의 사본을 보내왔어요."

"전 교수가 교황의 편지를 연구한 걸 아는 사람 중에 외국인이 있나요?"

"외국인? 왜요?"

"이 일에 어쩌면 외국인이 연관되었을 수도 있다는 생각이 들어서요."

"바티칸에서 온 편지라 그런 생각을 하는 모양이군요. 흐흐, 그럼 이제 바티칸 비밀수장고의 관리신부도 김 기자의 용의자로 등극하나요? 그리고 우리 한국의 직지 연구자들은 용의선상에서 빠지나요?"

기연은 김 교수의 야유를 한 귀로 흘리며 진지하게 물었다.

"바티칸 신부든 다른 외국인이든 누구도 직지와 관련해 여기 한국에 온 일이 없나요?"

"없어요."

기연은 전화를 끊으며 전형우 교수의 방을 기억해내려 미간을 찌푸렸다. 거기에 뭔가 외국인의 흔적이 있지는 않았던가.

외국인 범죄일 수도 있다는 가능성을 받아들인 기연은《살인의 역사》를 번역 출간한 출판사에 전화를 걸어 저자 정보를 요청했다.

"무슨 일로 그러시죠?"

"책을 읽은 독자로서 감사편지를 보내고 싶어서요."

"저자의 이메일 주소를 알려달라는 건가요?"

"네."

"감사편지는 출판사로 보내주시면 대신 보내드려요."

"저자로부터 직접 답신을 받고 싶은데요."

"그럼 이메일 주소를 같이 보낼게요."

"사실은 인사 외에 묻고 싶은 게 있어서 몇 가지 질문도 같이 보내려고 해요. 제가 기자거든요."

"그러면 다른 이메일로 보내야 해요. 거기 꽤 까다롭거든요. 제가 인생이란 걸 살아보니 뭐든 처음부터 솔직하게 얘기하는 게 낫더라고요."

"감사해요."

기연은 설핏 웃으며 전화를 끊은 다음 메일을 썼다.

동기를 보면 한국인, 현장을 보면 외국인이라는 간극 사이에서 좀 더 많은 정보에 목말라하던 기연은 기다리던 반가운 전화를 받았다.

"기연?"

"네, 안 교수님!"

"학교로 와줄래?"

"벌써 다 하셨어요?"

"그런 것 같아."

"바로 갈게요."

날아오듯 달려온 기연을 책상 앞 의자에 앉힌 안 교수는 프린터에서 두 장의 종이를 뽑아 건네주었다.

"교황의 이 편지가 고려 충숙왕에게 전해진 건지 아닌지를 판단하려면 투 트랙으로 접근해야 할 것 같아. 하나는 지명과 왕명을 직접적으로 명기한 서두, 즉 누구에게라고 수신인을 가리키는 이 첫 구절을 집중적으로 연구하는 게 필요하고, 또 하나는 이 편지의 본문에서 편지를 쓴 교황 요한 22세의 의도와 그 외 간접정보를 얻어내야 하는 거지."

기연은 잠자코 고개를 끄덕였다.

"이건 편지의 본문 해석이야. 일단 끝까지 한번 읽어봐."

기연의 눈은 이미 안 교수가 종이를 건네준 그 순간부터 맹렬한 속도로 훑고 있는 중이었다.

하느님을 사랑하고 두려워함에 있어 뛰어난 코레스 사람들의 왕 키지스타의 '세케' 귀하

1. 살아 계시는 참되신 하느님, 왕들의 왕이시며 다스리는 이들을 다스리는 주님의 은혜에 감사하는 복종을 그대는 보여주었습니다.

오래전부터 믿었던 사람들이든 새로이 믿게 된 사람들이든, 그들이 그대의 왕국에서 그리스도의 신앙에 머물 수 있도록 그대는 인자한 마음으로 그들을 인간적으로 대해주었습니다. 또한 그대는 호의에서 나온 자애심으로 그들을 돌보고 있습니다.

나는 그대가 이렇게 행했다는 말을 기쁘게 들었습니다.

이 일이 그대의 이름에 좋은 명성과 명예를 덧붙여줄 것입니다. 여기에 그대가 하느님의 위대한 전능하심을 향해 마음의 눈을 들어 올린다면, 물론 그대가 지금까지 해온 일은 칭찬받아 마땅한 것이지만, 이를 자애로운 마음으로 앞으로도 계속해주신다면, 이로 말미암아 앞에서 말한 왕국에서 그대의 왕권이 영광 안에서 확고해질 것인데 만약 그대가 주 예수 그리스도를 믿고 세례를 받아서 그리스도의 법을 받아들이고 수행한다면, 그대는 구원을 받을 것입니다.

그리스도의 법 없이는 어느 누구도 구원을 받지 못합니다.

2. 복된 수장 베드로를 계승하고 있고, 우리 주 예수 그리스도의 정하심에 따라 지상에서 그분을 대리하는 직무를 수행하는 나는 주님 안에서 그대와 그대 왕국의 안녕을 진심으로 염원합니다. 주님께서는 그대와 교회 밖 어둠 속에서 방황하는 모든 사람들이 자신에게로 회심하고 진리의 빛으로 돌아오기를 고대하고 계십니다.

그대와 앞에서 말한 왕국과 다른 여러 주변의 지역들을 위해서, 그대와 그 지역 종족들에게 주님의 말씀이 설파될 수 있고, 그대와 그 종족들이 주님과 그분의 올바른 신앙으로 은총의 세례를 통해서 안전하게 회심할 수 있도록, 나의 존경하는 형제인 니콜라우스, 프란치스코 수도회를 가르치는 사람이고, 진실로 앞에서 말한 바의 신앙으로 불타오르는 사람이며, 헌신적이고 신실하며, 성서의 해설에서도 매우 탁월하고, 주님 말씀의 설교에 있어서도 정통한, 다른 말로 하면 일과 말에 있어서 능력이 있고, 주님을 사랑하고 두려워하는 수도회를 명예롭고 넉넉한 마음으로 이끎으로 명성이 드높은, 성서 해석과 주님의 찬양에 해박한 이인 니콜라우스를 그의 칭찬받을 만한 장점들이 요청하는 대로, 나는 로마의 거룩한 교회의 추기경 형제들의 결정에 따라 캄발리크 대주교로 임명했습니다.

그는 자신의 교구인 캄발리크 교회로 갔습니다. 나는 혹시나 하는 마음에서 그대와 그대의 종족에게 대주교와 앞에서 말한 형제들이 그리스도의 법을 전하는 데 전력을 다해 줄 것을 이미 당부해두었습니다.

3. 따라서 나는 그대에게 진심으로 요청합니다.

우리 주 하느님 안에서 간청합니다. 그분을 통해서 그대는 살아 있고 그대는 다스리고 있습니다. 그러는 한에서 그분에 대한 존경과 영광을 위하여 앞에서 말한 대주교와 형제들이 그대와 그대의 왕국에 도착할 때 그들을 밝은 표정으로 맞아주고 그대의 신하들도 그들을 반갑게 맞아주도록 명해주길 간청합니다.

자신의 모습에 따라 그대를 창조하신 이도 그분입니다. 많은 종족들을 다스릴 수 있도록 허용해준 이도 그분입니다. 모든 육신은 그분의 왕국을 위해 죽어 없어집니다. 인자한 마음으로 형제들을 대해주고 신하들도 그렇게 대하게 해주길 간청합니다.

이미 앞에서 말한 나라에서 머물며 그리스도의 신앙으로 회심한 그곳의 다른 현지 그리스도교인들과 주님의 용서를 받고 회심해야 할 이들도 마찬가지로 자애롭고 온화한 마음으로 호의를 베풀어 대주교와 형제들에게 맡겨주길 요청합니다.

그들이 맡은 일들은 다음과 같습니다. 우리 주 예수 그리스도의 은총으로 말미암아 은총의 영성이 깃들여지고 그것을 향해 그대의 마음이 불타올라 성스러운 세례의 은총과 앞에서 말한 그리스도교의 법을 맞이하도록 하는 것이고, 그대와 그대 신하들의 구원에 도움이 되는 다른 것들을 글로 짓고 설교하는 것입니다.

그대는 이에 친절하게 귀를 열고 지성의 명민함을 보여주며 이것들이야말로 주님께서 그대에게 보낸 선물이라고 받으면서 우리 주 예수 그리스도에 대해서 믿음을 가지고 세례와 신앙을 받고 위에서 말한 그 신앙을 항상 가꾸며 선한 일들 안에서 그대를 닦아가기를 열망합니다.

왜냐하면 이것들을 통해서 그대는 영원한 영광에 도달할 것이기 때문입니다. 그곳에서는 그대가 보고 만지는 이 세계와 세속의 영광 너머로 끝없는 영광의 감미로움이 그대에게 계속 이어질 것입니다.

4. 저는 우리 최고의 구세주에게 간절히 애원하는 마음으로 기도드립니다. 그분께서 자비를 베푸시어 그대를 불쌍히 여기시고 그대의 지성을 비추어주시길, 그 지성으로 오류의 어두운 세계로부터 벗어나 그대가 그분의 진리로 가는 길을 보고, 그리스도의 법을 받아들이고 지키시기를 말입니다. 그 길과 법을 통해 말로 형언할 수 없는 그분의 영광을 볼 수 있는 자격을 획득할 수 있기를 말입니다.

[교황 요한 22세 재위] 18년 10월 1일 아비뇽에서.◎

◎ 서울대학교 인문학연구원 안재원 교수 역.

안 교수가 번역한 편지를 다 읽고 나자 기연은 가슴이 후
련해졌다. 그간 편지를 몇 번이나 들여다보면서도 눈 뜬 장
님이나 다름없던 갑갑함이 일거에 다 날아가버린 느낌이었
다. 편지는 대부분 예수 그리스도를 찬양하는 내용이라 지루
하기는 했지만 행간에서 느껴지는 교황의 의도는 직선적이
었다.

"어때? 요한 22세의 의도가 읽혀?"

"확실히요."

"뭐지?"

"캄발리크의 대주교로 새로이 임명된 니콜라우스를 잘 맞
아달라는 것 하나는 확고부동하네요."

"정확해. 하지만 키는 그 잘 맞아달라는 의미가 무엇이냐
하는 거야."

"그런데 캄발리크가 어디죠?"

"북경. 캄발리크는 '칸의 도시'를 뜻해. 1328년 몬테코르
비노 북경 대주교가 선종하면서 공석이 된 자리에 니콜라우
스가 후임으로 임명된 거지."

"음, 그렇다면."

기연은 캄발리크가 북경이라는 사실을 머리에 넣은 채 다
시 한번 편지를 읽었다. 전보다 한결 뚜렷하게 생각이 정리

되는 것 같았다.

"이 편지에서 역사적·지리적 상황을 특정할 수 있는 인자인 지명과 인명은 각각 하나씩이야. 지명은 지금의 북경인 캄발리크, 인명은 당시의 대주교인 니콜라우스야. 이 두 개의 인자를 기억하고 의미 있는 문장을 분석해보기로 하지."

기연은 라틴어 번역을 하는 사람은 역사와 지리에 도가 트게 된다던 안 교수의 말을 떠올렸다. 과연 그는 자신의 말대로 매우 세련된 방식으로 일을 시작하고 있었다.

"편지 전체에서 의미 있는 문장은 두 개야. 처음 것은 오래전부터 믿었던 사람들이든 새로이 믿게 된 사람들이든, 그들이 그대의 왕국에서 그리스도의 신앙에 머물 수 있도록 그대는 인자한 마음으로 그들을 인간적으로 대해주었습니다야."

"이 문장이 고려 충숙왕에게 보내진 거라면 고려에서는 이미 편지가 쓰인 1333년 이전부터 다수의 사람들이 가톨릭을 믿었다는 얘기가 되는군요."

"그렇지. 또한 선교사들이 왕래했다는 얘기도 되겠지."

"이 문장 하나로 고려에 기독교인이 다수 있었다거나 수신인이 충숙왕이라 단정하기는 무리가 있어 보이지만 한 가지 생각해볼 점은 있어요."

"뭐지?"

"충숙왕이 고려가 아닌 북경에 장기간 머물렀다면 이 문장이 역사적 사실과 다르다고 단정할 수 없지 않을까요?"

"그 생각을 안 해본 건 아닌데 그렇게 받아들이면 이 문장 가운데 나오는 '왕국'과 충돌하게 돼. 원나라의 기인정책으로 수없이 많은 부마들이 북경에 머무르게 됐는데, 이들의 자그마한 처소를 왕국으로 기록할 수 있느냐 하는 문제가 생기거든. 이 문장은 일단 넘어가지. 다음 문장을 보면 더 분명해지니까."

"반대를 위해 제기해봤을 뿐이에요. 사실 고려왕이 고려에 있지 않았다는 설정 자체가 억지이니까요."

"아니야. 진위를 밝히는 일이란 모든 반대의 가정을 하는 게 맞아. 다음 문장은, 그는 자신의 교구인 캄발리크 교회로 갔습니다. 나는 혹시나 하는 마음에서 그대와 그대의 종족에게 대주교와 앞에서 말한 형제들이 그리스도의 법을 전하는 데 전력을 다해줄 것을 이미 당부해두었습니다지."

"이 문장도 그대가 충숙왕일 가능성을 현저히 떨어뜨리네요. 북경으로 가는 사람을 잘 보호해달라고 부탁하는데 고려는 북경을 한참 지나 있으니까요."

"맞아. 니콜라우스 대주교는 북경 교구장으로 선임되어 일행과 같이 아비뇽 혹은 로마를 떠나 북경으로 가는 길인 거지. 그래서 수신자에게 대주교가 그리스도의 법을 전하는 데 전력을 다해달라, 즉 대주교가 당신의 영토를 지날 때 최대한 보호해달라는 뜻이잖아."

"분명 그렇게 읽혀요."

"그러면 그대 세케의 영토는 로마와 북경 사이에 있다는 얘기가 되겠지."

부인할 수 없는 명확한 논리였다.

"네, 공감해요."

기연은 이미 판정이 났다는 생각이 들었다. 세케가 고려의 충숙왕이라는 주장과 편지의 내용이 전혀 일치하지 않는 것이었다.

"그런데 요한 22세가 니콜라우스 대주교에게 들려 보낸 편지는 이게 다가 아니야. 그는 세케에게 보내는 편지를 포함해 총 네 통의 양피지 편지를 써 니콜라우스에게 줬어."

"같은 날 쓰인 편지들이 맞는 거죠?"

"물론. 모두 1333년 10월 1일과 2일에 쓰인 것들이지."

"어떤 사람들이죠, 수신인들은?"

"한 통은 아르메니아의 왕 레오에게, 또 한 통은 타르타르의 대칸에게, 나머지 한 통은 타르타르의 모든 백성들에게 보낸 거야. 지금 이 편지와 마찬가지로 니콜라우스가 캄발리크 대주교로 임명되었다는 내용이 담겼고 잘 맞아달라는 게 주된 내용이니, 길 떠나는 니콜라우스의 통행증이라 볼 수 있어."

"세케의 나라인 키지스타를 포함해 이 나라들이 모두 아비뇽 혹은 로마와 북경 사이에 있는 나라이거나 도시일 수밖에 없다는 얘기군요."

"그렇지. 원나라에는 이미 오래전부터 가톨릭 성전이 있었고, 니콜라우스 이전에도 여섯 명의 교구장이 부임했다는 기록이 있는 만큼 일단 원의 경계에 도착하면 안전이 보장되고 그 통행증 성격의 편지들은 더 이상 필요가 없게 돼. 그렇다면 아르메니아는 위치가 뚜렷하고 키지스타는 아르메니아 부근의 나라일 테니 중앙아시아 어느 지역이란 얘기지."

"만약 세케가 고려의 충숙왕이라면 대주교 일행이 원의 영토에 들어왔거나 북경에 도착한 뒤 고려로 갈 때 보호해달란 얘긴데 그건 말이 안 되는군요."

"그렇지. 만약 그런 경우라면 편지의 수취인은 원의 황제가 되겠지."

기연은 이후 안 교수가 지명에 관해 꽤 까다롭고 복잡하게 설명하는 걸 한 귀로 듣고 한 귀로 흘렸다. 수없이 갈래가 생기는 네다 무수한 가정으로 이루어지는 코룸과 키지스타의 위치 추정에 대해 신뢰를 갖는 것도 어려운 일이었지만, 이미 편지의 내용으로 키지스타의 왕인 세케가 고려의 충숙왕일 수 없다는 결론이 기연의 머릿속에서 견고하게 성을 쌓고 있었다.

두 개의 이름

안 교수의 도움으로 교황의 편지를 해독하고 난 기연은 사건을 좀 더 선명하게 들여다볼 수 있었다. 일단 전 교수가 고의로 무엇을 왜곡하거나 진실과 동떨어진 해석을 내놓은 건 아니라는 확신이 듦과 동시에, 당당히 자신의 학문적 소견을 밝힌 그를 살해한 자의 정체에 대한 궁금증이 새삼 끓어올랐다.

그리고 이제는 직지와 관련된 인물일 수밖에 없는 범인과, 직지와 연관된 사람이라면 결코 만들어낼 수 없을 것 같은 현장 사이에서 어느 쪽을 택해 밀고 나갈지 선택을 해야만 한다고 생각했다.

현재까지 자신이 용의선상에 올렸던 사람은 둘, 바로 김정진 교수와 다큐멘터리 감독이었다.

기연은 우선 용의선상에 오른 두 사람이 과연 그런 살인을 할 수 있는가에 관해 한 번은 가능하다, 또 한 번은 불가능하다고 몇 번이나 바꿔가며 가정해보았다.

그 결과 할 수 없다고 가정했을 때는 절로 고개가 끄덕여지고, 할 수 있다 했을 때는 번번이 고개를 가로젓게 되는 것이었다. 그러나 외국인이 범인이라 가정할 경우 현장은 시원하게 풀리지만 동기가 전혀 매치되지 않아 기연은 며칠간 무거워진 머리를 들 수도 없을 지경이었다.

삐리릿!

이메일 도착 신호음에 지친 눈초리를 보내던 기연은 외국인의 이름이 뜨자 급히 손가락으로 화면을 터치했다.

– 이안 펨블턴

《살인의 역사》를 쓴 저자로부터 온 답장이었다.

'책을 읽어주어 감사하며 보내온 질문의 답변을 보냅니다'로 시작된 저자의 편지는 기연이 보낸 질문지의 내용을 충분히 이해하고 있었다.

1. 살인현장에서 귀를 베어내는 것은 사탄 숭배를 벌하는 행위로, 고대 기독교에서 시작되어 중세 이후 마녀사냥기

에 보편화한 고문의 방식입니다.

마귀의 속삭임에 넘어갔으므로 응징한다는 의미를 가졌는데, 귀를 잘라낸 자리에 말뚝을 쑤셔 박음으로써 고통을 극대화하고 더 이상 마귀의 소리를 듣지 못하게 하기도 했습니다. 현대에 이르러서 귀에 말뚝을 박는 행위는 자취를 감추었으나 마귀의 목소리로부터 단절시킨다는 의미는 계승되어 극히 드물지만 살인현장에서 나타나는 경우가 있습니다.

어디에선가 끊임없이 들려오는 환청을 이겨내고자 화가 반 고흐가 자신의 귀를 잘라낸 데서 볼 수 있듯이, 이런 행위는 때때로 본인이 스스로 저지르기도 합니다. 하지만 단순히 귀를 잘라내는 행위에 그치지 않고 그것이 살인으로까지 이어졌다면 범인은 한 개인이기보다는 과거로부터 비밀리에 이어져 내려오는 단체라고 보는 것이 타당합니다.

단체의 성격을 특정하기는 쉬운 일이 아니나 종교단체일 가능성이 높습니다. 기본적으로 귀를 자르는 행위는 사탄의 목소리를 단절한다는 의미에서 시작되었기 때문입니다.

2. 날카로운 송곳니가 달린 강철틀니를 끼고 상대의 목을 물어 피를 빨아내는 행위는 중세부터 사람들을 속이기 위

한 목적에서 시작되었습니다. 중세의 기독교 비밀주의에서 피는 악마와의 거래를 의미합니다.

악마의 유혹에 빠진 인간이 피를 내주고 자신의 더러운 욕망을 달성하거나 수명을 연장한다는 소문이 광범위하게 퍼져 흑마술과 더불어 사람들의 공포심을 자아냈는데, 이것을 범죄자들이 악용했던 것입니다.

즉 악마와 피를 거래한 사람이 살해되면 어떠한 조사나 수사도 없이 지나갔고 시신은 즉각 수거되어 불태워지거나 버려졌기 때문에 자신의 범죄를 덮으려는 살인자들이 사람을 죽인 뒤 강철틀니를 이용해 목을 물고 피를 빨았던 것입니다.

이것이 현대의 살인현장에 나타났다면 과거와 같이 범죄를 덮기 위한 위장행위로 받아들이기보다는 전통에서 비롯된 관습으로 판단해야 합니다. 즉 오랜 세월 비밀리에 이어져 내려오는 단체가 하나의 의식으로 그런 행위를 했다고 보는 게 맞습니다.

3. 현대의 살인현장에 창이 등장한 것 역시 전통을 따르는 행위입니다. 살인도구가 깃대이거나 창을 닮은 다른 흉기가 아닌가 하고 판단할 필요는 없습니다. 그것은 틀림없는

창인데 다만 조립식입니다.

창은 정죄의 의미가 있습니다. 즉 칼이나 도끼 등 다른 살해도구와 달리 일격에 상대의 가슴을 관통해 깨끗하게 죽임으로써 죽이는 사람은 물론 죽는 사람의 죄를 일거에 제거한다는 의미를 가집니다.

이러한 목적을 달성하기 위해 매우 힘센 사람이 일격에 창을 심장에 찔러 즉사시키며, 상대가 깨끗하게 죽지 않으면 마성이 깊은 걸로 판단해 불에 태워 죽입니다.

또한 창은 성스러움을 수호한다는 상징적 의미가 있어 중세의 기사들이 십자군 전쟁을 떠날 때 무기로서의 의미 외에 성물로서 반드시 지녔던 것입니다. 현대의 살해현장에 등장하는 창은 이처럼 정죄와 성역수호라는 두 가지 의미 중 하나이거나 두 가지 다일 수도 있습니다.

어떤 경우든 그 전통과 의식이 오랜 과거로부터 비롯된 것으로 역시 개인이 저질렀다기보다는 어떤 비밀스러운 단체의 소행일 가능성이 높습니다.

충분한 답변이 되었기 바랍니다.

이안 펨블턴

편지를 읽고 난 기연은 몸을 잔뜩 웅크린 채 한동안 움직이지 않다가 마치 선언하듯 고개를 들어 소리쳤다.

"김정진도, 다큐 감독도 아니다!"

기연의 외침은 다시는 되돌아가지 않겠다는 결의와도 같은 것이었다.

기연은 이제 자신이 할 수 있는 일은 없어졌다는 생각이 들었다. 앞으로 인터폴을 통해 국제 공조수사를 하든 어떻게 하든 모두 경찰이 할 수밖에 없는 일이었다.

그러나 다음 순간 기연은 고개를 가로저었다. 경찰에 넘기면 흐지부지될 거라는 판단이 뒤를 이었기 때문이었다. 따지고 보면 지금 살인현장에 대한 생생한 정보를 얻어낸 것도 자신이었고, 어떤 의미에서는 직지 관련 한국인들을 용의선상에서 배제한 것도 발전이라면 발전이었다.

분주히 오고 가는 많은 생각 끝에 다시금 결의를 굳힌 기연은 어디서부터 전 교수와 정체를 알 수 없는 외국인 살인자 간의 연결고리를 찾아야 할까 고민하다 종로경찰서 강력반장에게 전화를 걸었다.

"반장님, 전 교수 집을 압색했나요?"

"딱히 압색이란 건 안 했스라. 그냥 책상 서랍 좀 열어본 정도지라. 워낙 별게 없고 살해도구니 하는 것들도 거기 것이 아닌 데다 피살자의 집을 압수수색하는 경우는 거의 없지라. 살해당한 것도 억울한데 압수수색까지 하는 게 가당키나 하간디?"

"컴퓨터를 비롯해 서류나 원고, USB 등 반출한 것도 없고요?"

"일절 없당게."

"알겠어요."

전화를 끊은 기연은 전 교수 부인과 시내의 카페에서 만나기로 약속을 잡았다.

"최근에 전 교수님이 연구하시던 게 있었어요. 그와 관련해 죽임을 당하셨다는 심증이 강하게 들어 교수님 휴대폰과 서재의 컴퓨터를 좀 살펴봤으면 해요."

"그러잖아도 만나서 휴대폰과 키를 건네주려고 했어요. 컴퓨터는 암호를 걸지 않았으니 그냥 켜시면 돼요. 이메일 주소는 latiner3434, 네이버예요. 그리고 비밀번호는 숫자만 거꾸로예요. latiner4343. 모든 비밀번호를 한평생 그것만 쓰셨거든요. 서재는 사람을 시켜 청소를 했는데 상태가 어떤지 모르겠어요. 지금껏 집에 들어가지 못하고 동생네에 머무르고 있거든요. 이제 미국에 들어갈 거예요. 아들이 와서 같이 살자고 해서요."

"그런데 키를 왜 제게⋯⋯."

"이렇게 자기 일처럼 나서주는 사람은 기자님뿐이에요. 제가 나서서 그이가 무슨 일을 하다 왜 죽었는지라도 밝혀야 하는데 저는 겁이 많아 도저히 안 되겠어요. 그런데 이렇게나 애를 써주시니⋯⋯."

기연은 부인이 봉투까지 준비해 내미는 걸 간신히 말린 다음 키를 받았다.

"미국에 가서서 아드님과 함께 마음을 잘 추스르세요. 여기는 제가 경찰을 도와 사건의 진상을 최대한 캐볼게요."

다음 날 아침 기연은 팀장과 함께 전 교수의 집 대문을 열고 피살현장인 서재에 들어섰다. 전날 기연으로부터 이제까지의 과정을 듣고 난 팀장은 이제 오히려 기연보다 더 사건에 흥미를 보였다.

"이건 경찰이 다룰 수 없는 사건이야. 경찰은 돈, 원한, 치정으로만 사건을 보기 때문에 이처럼 그들의 초점에서 비켜나 있는 사건은 낯설고 또 작은 사건으로만 보이는 거야."

방바닥과 벽은 물론 천장까지 어지러이 튀었던 핏자국들은 어느 정도 닦였고 책상 위의 잡동사니도 깨끗이 치워졌지만 다행히 컴퓨터는 그대로 남아 있었다.

두 사람은 먼저 전 교수의 책상 서랍에 있는 내용물들을 빠짐없이 방바닥에 엎었다. 학자의 책상 서랍이라 그런지 특별히 눈에 띄는 건 없고 대부분 원고였다.

"망망대해에서 바늘 찾기군. 말이 쉬워 외국인 범인과의 연결고리지, 이 원고 더미 속에서 무얼 찾아야 할지 모르겠네."

원고의 내용은 물론 낙서나 메모 따위가 있을까 싶어 이면지까지 한 장 한 장 넘기던 팀장이 푸념처럼 내뱉었다.

책상 서랍에서 단서를 찾지 못하자 기연은 컴퓨터 앞에 앉았고, 팀장은 충전기를 찾아 전 교수의 휴대폰을 켰다.

"누가 먼저 찾나 내기할까? 근데 무얼 찾아야 하지? 거참 막막하네."

"뭐든 직지 관련된 게 있으면 꼼꼼히 살피고 메시지, 카톡, 통화기록, 메모장 등도 봐야죠. 여하간 뭔가 감이 안 좋다, 아니 좋다 하는 걸 찾아보는 거예요."

기연은 컴퓨터를 켜고 단서가 될 만한 것들을 찾아보았으나 의외로 파일이든 메일이든 의심 가는 게 없었다. 기연이 컴퓨터 검색을 간단하게 끝낸 것과 달리 팀장은 작업에 열중이었다.

기연은 자리에서 일어나 혹시 뭐라도 눈에 들어오는 게 있을까 싶어 전 교수의 책장으로 시선을 옮기다 지난번 책상 위에 놓였던 몇 권의 책에 생각이 미쳤다. 그날 책상은 비교적 깨끗해 책을 버리지는 않았을 거라 생각한 기연의 눈길이 한동안 책장 사이를 누비다 《오비디우스》라는 제목 위에서 딱 멎었다. 그 옆으로 나란히 서 있는 세 권 또한 그날 책상 위에 있던 책들이었다. 기연은 네 권을 모두 뽑았으나 눈길은 처음부터 색다른 한 권에 쏠려 있었다.

  -《남프랑스》

  나머지 세 권이 모두 고색창연한 데 반해 이 책은 최근에 구입한 태가 역력한 새것이어서 눈에 확 띄었다. 그러나 더욱 눈에 띈 건 이 책이 화려한 컬러로 인쇄된 남프랑스 여행 안내서라는 사실이었다. 기연은 흥미롭게 페이지를 넘겨가다 끝이 접혀 있는 어느 한 페이지에서 동작을 멈췄다.

  -Prof. Johannes von Fischer

  여행안내서 중간의 한 페이지 우측 상단에 적혀 있는 사람의 이름은 기연의 주의를 끌어오기에 충분했다.

요하네스 폰 피셔 교수.

이어 기연의 눈길은 차츰 아래로 내려갔다. 스트라스부르.
펼쳐진 페이지는 웅장한 대성당 사진과 함께 스트라스부르
라는 도시를 소개하고 있었다.

"이제 다 봤네."

웅크리고 있던 팀장이 기지개를 켜며 일어나서는 기연의
눈앞에 휴대폰 화면을 내밀었다.

"파리행 비행기 표를 열심히 알아보셨더군. 그리고 샤를
드골 공항에서 스트라스부르까지 가는 방법도 알아보셨어."

"여기 여행안내서의 스트라스부르 페이지에도 뭔가 낙서
가 돼 있어요."

"스트라스부르 다음 행선지는 아비뇽 같은데. 여기 파리,
스트라스부르, 아비뇽 순으로 메모가 되어 있는 걸로 봐서
는."

기연은 팀장의 말에 휴대폰을 곁눈질하면서도 여행안내서
책장을 빠르게 넘겼다. 그러다 아비뇽 페이지의 우측 상단에
메모가 있는 것을 발견했다.

-Carena

대문자인 걸로 봐서는 인명이든 지명이든 고유명사였다.

두 페이지 말고는 모두 깨끗한 걸 확인한 기연은 책을 덮으며 다시 한번 두 개의 고유명사에 지명을 붙여 읽어보았다.

스트라스부르의 피셔 교수와 아비뇽의 카레나.

전 교수는 여행안내서의 해당 페이지에 자신이 할 일을 적어둔 것이었다. 휴대폰부터 책상 서랍, 컴퓨터까지 모두 뒤져낸 결과로는 초라하기 그지없었지만, 외부 활동이 일절 없었던 전 교수가 프랑스를 여행하려 했다는 계획을 알아낸 건 매우 의미 있는 일이었다.

"방향을 제대로 잡은 것 같은데요."

기연이 책과 메모를 챙기는 걸 기다리던 팀장은 바로 발걸음을 옮겼으나 기연은 얼른 컴퓨터를 다시 켰다.

"뭘 하려고? 다 봤는데."

"여기 피셔 교수든 카레나든 메일 교환을 했을 거예요. 그러니 여행 계획을 잡았겠죠."

그러나 예상과 달리 전 교수의 이메일에서는 두 도시의 이름도, 피셔 교수나 카레나와 연락을 주고받은 기록도 찾을 수 없었다.

"없네요."

"얼른 나가자."

기분이 과히 좋지 않은 집을 빠져나와 커피숍에 자리를 잡자 기연은 막혔던 속이 풀린 듯 가벼운 표정으로 커피를 몇 모금 마셨다.

"무슨 방향?"

"이 사건을 정확하게 표현하자면, 동기를 따르자니 현장이 울고, 현장을 따르자니 동기가 운다잖아요."

"범행현장과 범행동기의 불일치를 말하는 거지? 좀 더 쉽게 말하자면 한국인 직지 관련자들에게 확실한 동기가 있지만 현장은 분명 외국인 범죄를 말하고 있고, 외국인 범죄라 받아들이니 이제는 범행동기가 오리무중이라는 것 아냐."

"맞아요. 그래서 무척 갑갑했는데 전 교수에게 프랑스 여행 계획이 있었다는 사실을 알고 나니 시원해졌어요."

"전 교수의 프랑스 여행이 범행동기와 상관이 있다는 얘기야?"

"그럼요. 일단 이 사건을 이해하려면 맨 먼저 범인이 한국인이라는 고정관념을 완전히 깨버려야 해요. 그게 자꾸 방해가 되거든요."

"완전히 깨버리고 나면?"

"그다음으로는 외국인이 범죄를 저질렀다고 무조건 믿어야 해요."

"그건 이미 믿고 있어. 국내에는 이런 현장이 단 한 번도 없었으니."

"그럼 자연히 외국인의 범행동기가 뭔가에 집중하게 돼요."

"난 집중 안 해도 늘 그 생각인걸."

"그런데 오늘 중요한 단서를 찾아낸 거잖아요."

"남프랑스 여행 계획이 그렇게나 큰 단서야?"

"스트라스부르에 있는 피셔 교수, 그리고 아비뇽에 거주하는 카레나. 운전도 싫어하는 사람이 프랑스까지 비행기 타고 갈 생각을 했는데, 이들이 단서가 아니라면 도대체 뭐가 단서겠어요."

"전 교수는 왜 이들을 만나려 했던 걸까? 이들이 교황의 편지와 연관되어 있다는 사실만은 분명한데. 일단 먼저 떠오르는 건 이들이 전 교수의 해석에 불만을 품고 청부업자를, 아니 청부업자는 아니란 얘기지……. 동료를 보내 죽였다?"

"전 교수가 프랑스로 가려 했던 건 교황의 편지 때문은 아니란 생각이 들어요."

"무슨 소리야? 전 교수는 편지의 해석을 부탁받기 전에는 아무 존재감이 없던 사람이야. 그런데 그 편지와 얽히면서 문제가 생긴 만큼 범행동기는 무조건 그 편지야. 다만 한국인 직지 관련자들에게 있던 범행동기가 외국인들에게로 넘어간 거지. 구체적으로 어떤 외국인인지, 무슨 동기인지는 모르지만."

"느낌상 교황의 편지가 아니에요. 왜냐하면 교황 편지에 대한 전 교수의 해석은 한국인 직지 연구자들보다 구텐베르크 박물관장으로 대표되는 외국인들이 더 좋아할 수밖에 없잖아요."

"그렇긴 한데……."

"그러니 교황 편지의 해석으로는 외국인들이 전 교수를 죽일 리 없어요. 그렇다면 전 교수가 자신의 해석을 정반대로 뒤집으려 했나 여부를 생각해봐야 하는데, 서울대학교 안 교수의 해석도 전 교수와 일치하기 때문에 노학자가 아무 근거 없이 자신의 학문적 진실을 버렸다고 볼 수는 없어요. 실제 그분이 다른 해석을 내놓은 사실도 없고요."

"교황의 편지가 아니라면 도대체 뭐지?"

"편지 해석 같은 간단한 일로 움직이기 싫어하는 전 교수가 프랑스까지 날아간다는 건 생각할 수 없고, 뭔가 다른 큰 비밀이 있을 거예요."

"음, 어떤 비밀을 캐려다 죽임을 당했다는 건가?"

"프랑스로 날아가려 했다는 건 비밀의 단서가 거기 있다는 거겠죠. 아마 그 두 사람은 비밀에 다가서는 징검다리일 거예요."

팀장은 잠시 말없이 기연을 지켜보고 있다 커피 잔을 높이 들었다.

"건배!"

"터무니없는 억측일 수도 있어요."

"억측이라도 상관없어. 현재 나를 백 퍼센트 설득하고 있다는 게 중요한 거니까. 자, 건배!"

기연은 가볍게 웃으며 잔을 들었다.

그날 오후 기연은 스트라스부르대학교에 전화를 걸어보았다. 역시 짐작대로 요하네스 폰 피셔 교수는 스트라스부르대학교에 재직 중인 사람이었다. 피셔 교수의 전공이 서지학이라는 점에서 직지와 연관이 있을 수도 있겠지만, 과연 전 교수가 프랑스에 있는 피셔 교수를 만나려 한 이유가 정말 직지 때문인지는 알 수 없었다. 만일 다른 이유라면 지금까지의 모든 추론이 다시 원점으로 돌아가는 것은 아닌가 하는 불안감이 엄습해왔다.

"한국의 일간지 기자 김기연입니다. 전형우 교수가 피살되어 인터뷰를 하고 싶은데 응해주시면 감사하겠어요."

"한국? 지금 누군가 죽었다고 했소?"

"네, 전형우 교수."

"전형우 교수가 누군가요? 아, 그분, 프로페서 전. 그런데 그게 정말이오? 분명 프로페서 전이 피살되었소?"

"네, 분명합니다."

"왜요?"

"현재 경찰에서 조사하는 중입니다."

"어디서 변을 당했소?"

"집에 침입한 괴한에게 피살되었어요."

"부인은요?"

"부인은 다행히 여행 중일 때여서 무사합니다. 피셔 교수님은 전 교수가 왜 피살됐는지 혹 짐작 가는 데는 없으세요?"

"내가요? 여기 프랑스에 있는 내가 그걸 어떻게 알겠소? 그리고 난 프로페서 전과 그리 잘 아는 관계가 아니오. 만난 적도 없고."

"전 교수는 프랑스에 피셔 교수님을 만나러 갈 계획을 잡아놓으셨던데요."

"온다고는 했소."

"무슨 일로 온다고 했나요?"

"나는 비교문헌학을 연구하고 강의하는 사람이오. 프로페서 전은 직지와 유럽의 여러 문헌을 비교하고 싶어 했소. 내가 비교문화적 관점에서 중세의 여러 문헌에 관해 연구한 걸 알고는 날 만나러 오려고 했던 거요."

기연은 피셔 교수가 전 교수와 직지 문제로 대화를 나누었다고 직접적으로 말하는 데다 무엇보다 프랑스 사람인 그가 익숙하게 '직지'를 발음하는 것에 내심 놀랐다. 그리고 전 교수의 괴이한 피살사건을 둘러싼 모든 의문점이 다시금 직지라는 한 점으로 모아지는 것을 느끼며 유레카를 외치고 싶었다.

"흐, 좀 어려운데, 쉽게 말해서 직지와 중세 유럽의 여러 문헌을 비교하려 했다는 걸로 이해하면 될까요?"

"정확해요."

"전 교수는 직지와 어느 나라 문헌을 비교하려 했을까요? 프랑스요?"

"여기 스트라스부르와 아비뇽, 그리고 바티칸에서 발간된 문헌들이 그의 가장 큰 관심사였소. 스트라스부르가 지금은 프랑스 영토지만 당시에는 독일에 속했던 땅이오. 하지만 그런 국가 구분은 큰 의미가 없을 거요. 드물게 고대 그리스어로 쓰이기도 했지만 문헌은 라틴어로 쓰였고, 거의 교황청이나 수도원에서 필사했으니까."

"그분과 교황의 편지에 대해 얘기를 나눈 적은 없으셨나요?"

"아니, 그런 적은 없었소."

"본래 그분이 라틴어를 가르치기는 하셨지만 학교 밖의 일은 관심이 없는 분이었어요. 그런데 직지와 관련되었다고 볼 수 있는 교황의 편지를 접하고 난 뒤 사건에 휘말려 피살된 걸로 여기서는 보고 있어요. 그런데 놀랍게도 그분은 한국인에게 피살된 게 아니에요. 누군가 귀를 베어내고, 목을 물어 피를 빨아내고, 창으로 찔러 죽였어요. 셋 중 어느 하나도 한국에서 발생한 적이 없는 희귀한 범행이에요. 전문가는 그것이 과거로부터 내려오는 유럽의 범죄라고 해요."

"글쎄, 나는 그런 것까지는 모르겠지만……. 그렇다면 전 교수가 직지로 말미암아 죽임을 당했다는 건가요?"

"네. 여기서는 그렇게 보고 있어요."

"이해할 수 없군요. 직지와 살인이 어떻게 연관될 수 있다는 건지."

"혹시 두 분이 직지와 관련해 다른 사람들은 까마득히 모르고 있거나 매우 특별한 뭔가에 접근하거나 하진 않으셨나요?"

"없어요."

피셔 교수는 대답은커녕 직지와 살인이 연관되었다는 기연의 얘기 자체를 터무니없다는 듯 건성으로 듣고 있었다.

"그분이 아비뇽에는 왜 가려 했을까요? 스트라스부르 다음 행선지가 아비뇽이거든요."

"모르겠소."

"혹시 아비뇽대학의 교수일지 모르겠는데 카레나라는 분을 아세요?"

"카레나? 들어본 적 없소."

"박물관 관장이거나 큐레이터, 혹은 도서관 사서 중에도 없을까요?"

"아비뇽은 작은 도시라 웬만하면 이름 정도는 들어봤을 텐데 그 이름은 전혀 생소해요."

"뭔가 떠오르면 전화 주세요. 기다릴게요. 그런데 두 분은 메일을 주고받지 않으셨나요?"

"메일로 연락하곤 했소."

"그런데 그분 메일함에는 교수님 이름이 없어요. 다른 메일을 쓰신 것 같은데 전 교수님 메일 주소를 알려주실 수 없을까요?"

"본인 동의 없이는 할 수 없는 일이오."

"본인은 사망했고 범인을 추적하려는 목적인데요. 그럼 경찰에는 알려주실 수 있겠죠?"

"아니, 그것도 안 돼요. 지켜줘야 할 사자의 명예도 있으니, 사정을 모르는 내가 함부로 할 수 있는 일이 아니오. 그게 꼭 있어야 사건이 해결된다면 한국 경찰이 공식 문서로 프랑스 경찰에 요청하고, 프랑스 경찰이 내게 요청하면 검토할 수 있겠지만요."

"알겠습니다. 저는 기자니까 합당한 시각을 포착해 문제제기를 하는 게 임무예요. 돌아가신 분께 누가 될 일은 전혀 없으니 뭔가 떠오르는 게 있으시면 꼭 연락 부탁드릴게요. 그리고 저간의 사정을 좀 자세히 말씀드리게 피셔 교수님 이메일 주소를 주시면 좋겠어요."

"알았소."

피셔 교수와 통화가 되자 진실의 문 비로 앞에 나가섰다는 생각이 들었던 기연은 겨우 피셔 교수의 이메일 주소 하나받고 전화를 끊을 수밖에 없었다. 기대가 무너져 실망한 기연의 표정이 잔뜩 일그러졌다. 전 교수가 교황의 편지 건으로 유럽에 가려 하지는 않았을 거라는 짐작은 맞는 걸로 확인되었지만, 결정적인 무언가를 얘기해줄 것 같았던 피셔 교수로부터 나온 건 아무것도 없지 않은가. 게다가 그는 전 교수의 이메일 주소조차 알려주지 않았다.

그럼에도 기연은 읽는 사람이 공감할 수 있도록 정성스럽게 메일을 써 피셔 교수에게 보내고는 아비뇽대학교로 전화를 걸었다. 전화는 몇 군데를 거친 뒤 헬레나라는 이름의 여교수에게로 이어졌다.

"교수든 교직원이든 우리 학교에는 카레나라는 이름을 가진 사람이 없어요. 있으면 제가 누구보다 먼저 알지요."

"아비뇽에 있는 다른 대학이나 전문학교에도 그 이름이 없을까요?"

"들어본 적이 없어요."

"그렇군요. 감사해요."

기연이 전화를 끊으려는데 헬레나 교수의 음성이 이어졌다.

"카레나라는 이름은 영어식으로 카렌이라든지 독일이나 러시아 식으로 레나라고 쓰는 사람들도 있을 거예요. 그러니 카레나라는 이름을 가진 사람이 아비뇽에 있는지 여부를 확실히 알고 싶으면 카렌과 레나까지 찾아 일일이 본인에게 물어봐야 해요."

"감사해요. 하지만 여기가 한국이라 그건 힘들어요."

"그런데 왜 그 사람을 찾으려 하죠?"

"매우 중요한 어떤 일을 알아보려 하거든요."

"어떤 중요한 일인지 물어봐도 될까요?"

"여기 한국에서 카레나 씨와 이메일을 주고받던 교수 한 분이 실종되었어요. 그래서……."

전화기 건너편에서 잠시 고민하던 헬레나 교수는 이내 결정했다는 듯 뚜렷한 목소리를 내보냈다.

"중요한 일 같으니 제가 아르바이트 학생을 연결해드릴 순 있어요. 프랑스 인터넷에 사람 찾는 사이트가 있으니 아비뇽에 사는 모든 카레나와 카렌과 레나를 찾아 그 실종된 분과의 관계를 물어보는 거예요."

"비용이 얼마나 들까요?"

"한 시간 만에 찾으면 10유로, 열 시간 만에 찾으면 100유로 정도예요. 오래 한다고 되는 일이 아니니 정 원한다면 열 시간까지만 해보세요."

기연은 잠시 망설였다. 회사에서 결재가 안 떨어지면 자신이 지불해야 할지 몰랐지만 그렇다고 나중에 통화하자며 끊기는 싫었다. 운이 좋으면 한두 시간 안에 찾아질지도 모를 일이라 기연은 고개를 끄덕이며 수락했다.

"감사해요. 이메일로 계좌를 알려주시면 일단 100유로를 보내고 실종된 분 성함을 알려드릴게요. 열 시간 작업해보고 그 후 더 부탁할지는 다시 판단할게요."

"네, 알겠어요."

잠시 후 도착한 메일로 전 교수의 이름과 돈을 보내는 기연의 얼굴에 묘한 웃음이 흘렀다. 쓸데없는 짓을 한다는 자조와 동시에 할 수 있는 한 최선을 다한다는 만족감에서 번져 나오는 웃음이었다.

피셔 교수

기대를 품은 채 기다리고 있던 피셔 교수로부터는 연락이
오지 않았다. 기연은 혹시 전 교수가 휴대폰에 자신의 또 다
른 이메일 주소를 기록해두지 않았나 생각하고 다시 한번 꼼
꼼히 찾아보았으나 허사였다. 100유로를 지불하고 은근히
기대를 걸었던 아비뇽에서 전해온 소식 또한 찾지 못해 미안
하다는 내용이 전부여서 더욱 실망스러웠다.

시간이 지나자 팀장도 차츰 다른 일을 주문하기 시작했고
기연 자신도 다른 기삿거리를 찾아 돌아다닐 때에 마음이 편
했다. 그간 달려온 게 애석하기는 했지만 범인이 한국을 빠
져나간 외국인으로 추정되는 만큼 수사관도 아닌 기연은 사
건을 내려놓을 수밖에 없었다.

하지만 기연은 경찰이 조기에 미제사건으로 밀어버리는

건 저지해야겠다는 마음에 사건을 정리해 경찰에 보내기로 결정했다.

1. 전 교수 피살은 외국인이 건너와 저지른 범행으로 한국 인에게 범행동기가 있다고 보아서는 안 된다.

2. 교황청에서 보낸 편지의 해석은 전 교수의 피살동기가 아니다.

3. 스트라스부르대학교의 피셔 교수와 아비뇽의 카레나는 전 교수가 다가서려 했던 비밀의 열쇠로 수사는 이 두 사람에게 집중되어야 한다.

4. 전 교수의 죽음은 직지와 떼어서 생각할 수 없으므로 그 가 다가서려 했던 비밀은 반드시 직지와 연관되어 있다.

5. 직지와 외국인의 대립점은 과연 직지가 유럽에 전해졌 느냐, 즉 구텐베르크의 금속활자는 시대적으로 앞선 직 지를 받아들여 만들어졌느냐, 아니면 완전히 독창적인 것이냐의 여부이므로 범행을 저지른 외국인은 독일인일 가능성이 크다.

6. 이런 시각에서 틈만 있으면 직지와 구텐베르크의 금속 활자는 주조법이 다르다고 주장하는 구텐베르크 박물관 장을 비롯한 일단의 구텐베르크 관련 독일인들에게 용

의점을 둘 수 있다.

　강력반장에게 카톡을 보내려던 기연은 보내기 버튼을 누르기 직전 고개를 갸웃했다. 전 교수가 가려 했던 곳은 스트라스부르와 아비뇽으로 둘 다 프랑스의 도시인데 살인범으로는 프랑스인이 아닌 독일인들이 지목되고 있는 것이었다. 구텐베르크든 직지든 모두 아득한 옛날 일이니 얼마든지 그럴 수 있지만, 막상 국제 공조를 통해 수사해야 하는 경찰 입장에서는 황당하게 받아들일 것이었다.

　"선배, 이 사건 좀 더 파봐야 해요. 이제껏 알아낸 걸 경찰에 모두 보내고 손을 떼려 했는데 내가 손 떼면 바로 미제예요."

　"그런데 나오는 게 너무 없잖아. 이제는 더 이상 기자가 할 일이 아니야."

　"여기까지 온 게 아깝기도 하지만 조금만 더 공을 들이면 선배 좋아하는 대특종이 될지도 몰라요. 그 두 사람의 속을 제대로 캐내기만 하면 말이에요."

　"등산 좋아해?"

　"갑자기 그건 왜 물어요?"

　"산을 오를 때 밑에서 보면 정상에 다 온 것 같아 이제 정상이다 하고 발길을 턱 내디디면 오르는 길이 탁 나오는 거야. 다시 발걸음을 내디디면 또 길이 나오고. 다 된 것 같아도 또 남은 게 있고 또 남은 게 있어, 인생이란."

"선배한테 인생 얘기 듣기 싫어요. 한 달만 더 파게 해줘요. 다른 일 하면서 할 테니."

"맘대로 해, 데스크한테 깨지고 싶으면."

일단 팀장의 동의를 얻고 난 기연은 다시금 구구절절 메일을 써서 피셔 교수에게 보내고 김정진 교수에게 전화를 걸었다.

"그간 죄송했어요, 김 교수님을 용의자로 본 건."

"범인이 잡혔어요?"

"아니, 그게 아니라 범인이 외국인으로 추정돼요."

"외국인? 그럼 독일인이겠군요."

"그럴 수 있다는 생각은 들지만 아직 나온 건 없어요."

기연이 전 교수의 스트라스부르 여행 계획에 대해 얘기하자 김정진 교수는 뜻밖의 말을 꺼냈다.

"내가 SK하이닉스에 얘기해볼까요? 김 기자도 마인츠에 갈 수 있도록. 스트라스부르는 마인츠에서 엎어지면 코 닿을 데 있으니까."

"무슨 말씀이세요?"

"지난번 직지축제 때 구텐베르크 박물관 측 인사들이 잔

뚝 왔었잖아요. 그런데 이번에는 마인츠에서 우리를 초대했어요. 학교에서 충분한 경비를 받는 교수들도 있지만 그렇지 못한 사람들은 여러 경로로 도움을 받거든요. SK하이닉스는 늘 직지에 관심을 가져주니 거기에 얘기해볼 만해요."

"SK하이닉스? 반도체 말인가요?"

"네."

"SK하이닉스에서 왜 도와주죠?"

"여기 청주에 공장이 있는 데다 SK가 사회적 가치 추구를 모토로 하거든요."

확 당기는 얘기였다. 회사 사정 등 이것저것 생각할 건 많았지만 기연은 직지의 진실을 밝히는 애국적 행동이라고 스스로를 촉발시키며 반가운 목소리로 답했다.

"동행하고 싶기는 해요."

"기자가 같이 간다 하면 저쪽에서도 좋아할 겁니다. 신문이 온다는데 좋아하지 않을 리가 없고, 구텐베르크 박물관의 암캐도 독일어가 되는 김 기자를 좋아하는 눈치였거든요."

"하여튼 알아보시고 전화 주세요."

"안 될 일 아니니 여행 준비나 하세요."

툴툴거릴 것 같았던 팀장은 의외로 적극적으로 나서서 데스크의 허락을 받아주었다.

"부장한테 한 소리 들었어."

"미안해요. 하지만 직지에는 틀림없이 우리나라가 모르는 비밀이 있어요. 이번에 가면……."

"그게 아니라 우리 신문사 이름도 있는데 왜 남한테 묻어서 가느냐고. 비행기 표도 사주고 출장비도 넉넉히 주라 그랬단 말이야."

"흐."

기연은 기쁜 마음에 다시 한번 피셔 교수에게 메일을 쓰고 내친 김에 《살인의 역사》 저자인 펨블턴에게도 현장 사진 수십 장을 보냈다.

출발일이 다가오자 기연은 마음이 들뜨면서도 한편으로는 무거운 책임감에 짓눌렀다. 보통의 취재와는 달리 이번 출장에는 적이 있고, 그 적과 싸워 성과를 얻어내야만 하는 것이었다. 하지만 적은 모습을 보이지 않고 기댈 데라고는 오로지 여행 계획에 언급된 두 사람이 다였다.

스트라스부르의 피셔 교수와 아비뇽의 카레나.

기연과 김정진 교수는 마인츠의 심포지엄에 참석하기 앞서 우선 파리를 거쳐 스트라스부르와 아비뇽에 가기로 했다.

마인츠의 심포지엄에 참가하는 다른 교수들도 같은 날 같은 시각에 인천공항을 출발했다. 하지만 그들은 두 사람과 달리 프랑크푸르트로 가기 때문에 기연은 커피숍에서 그들과 인사만 나누고 곧바로 헤어졌다.

커피를 마시는 동안 교수들은 이구동성으로 구텐베르크가 독자적으로 금속활자를 발명한 게 아니라는 주장을 내놓고 있었지만 그 이유는 교수들마다 제각각이었다.

"스트라스부르는 왜 가는 건가요? 신혼여행?"

헤어지는 자리에서 교수들은 부러운 표정으로 김 교수에게 농을 던졌지만 기연에게는 깍듯이 예의를 지켰다. 자칫 신문기자의 필봉이 성희롱이니 뭐니 엉뚱한 곳으로 튀면 파면까지 당할 수 있다는 염려가 그들의 표정 속에 자리 잡고 있었다.

인천공항에서 출발한 점보기는 한 번도 쉬지 않고 파리의 샤를 드골 공항까지 그 육중한 동체와 승객들을 정확하고 안전하게 옮겼다.

"오, 파리!"

비행기가 활주로에 내려앉는 순간 기연의 입에서 자신도 모르게 탄성이 새어 나왔다. 독일에서 유학하는 동안 가장 많이 찾았던 도시가 바로 파리였다. 이 살아 움직이는 톨레랑스의 도시는 게르만 특유의 엄숙주의에 지친 기연에게 달

콤한 위안이 되어주었다.

기연은 파리에서의 추억을 음미할 새도 없이 바로 역으로
가 스트라스부르행 테제베를 탔다.

"스트라스부르, 이름만큼이나 멋진 도시인데요."

김 교수의 첫 소감에 기연은 고개를 끄덕여주었다. 독일과
프랑스의 국경도시인 스트라스부르는 과거 두 나라의 빈번
한 전쟁으로 국경이 열일곱 차례나 바뀌는 불행한 운명을 가
진 도시다. 고등학교 교과서에 수록됐던 알퐁스 도데의 〈마
지막 수업〉이라는 수필이 바로 이러한 스트라스부르의 흔들
리던 운명을 그린 것으로, 두 나라 사이를 오가던 이 도시는
2차 세계대전 이후부터는 프랑스에 속하게 되었다.

이제 스트라스부르는 모든 역사의 상흔을 뒤로하고 유럽
연합을 상징하는 예쁘디예쁜 도시로 빛나고 있었다. 하지만
기연의 눈에는 아름다운 풍경이 제대로 들어오지 않았다. 출
발하기 전 한국에서 메일을 보냈지만 답장은 못 받은지라 과
연 피셔 교수가 학교에 있기나 한지, 그리고 있다 하더라도
만나줄지 신경이 곤두섰기 때문이었다.

김 교수는 이런 기연의 마음은 전혀 아랑곳하지 않고 눈길
에 잡히는 풍경에 마음을 빼앗긴 채 연신 주변을 두리번거렸
다. 그가 보기에 기연은 샤를 드골 공항에 내리면서부터 물

만난 고기처럼 민첩하고 막힘이 없었다. 독일에서 유학을 했다더니 독일은 말할 것도 없고 파리 사정에도 훤한 것처럼 보였다.

"노트르담 성당에서 작은 골목으로 10분쯤 걸어가면 구텐베르크 광장이 있는데 거기서 점심 먹고 가요. 미워하든 싫어하든 김 교수님은 구텐베르크를 떠날 수 없는 분이니까요."

"노트르담 성당? 그건 파리에 있는 거 아닌가요?"

"네, 파리의 노트르담 성당이 유명하지요. 그런데 노트르담은 '성모 마리아'란 뜻이라서, 프랑스의 여러 도시에 노트르담 성당이 있어요."

눈앞에 시선을 사로잡는 대성당이 나타나자 김 교수는 자기도 모르게 감탄사를 내놓았다.

"와, 정말 놀랍네요. 엄청나게 크고 또 엄청나게 섬세하네요."

"어머, 표현력이 대단하신데요. 빅토르 위고가 이 성당을 본 순간 김 교수님과 똑같이 표현했대요. '경탄할 만큼 거대하고 섬세하다.'"

"흐, 그래요? 소 뒷걸음에 쥐가 잡혔군요."

"여기 스트라스부르의 노트르담 성당은 첨탑이 142미터나 되어 200년 이상 유럽에서 가장 높은 성당이라는 기록을 가지고 있었어요. 이 도시 어느 곳에서도 보이는 랜드마크죠."

기연의 설명을 들은 김 교수는 눈에 들어오는 높고 뾰족한 고딕식 첨탑을 향해 엄지를 척 올리며 찬사를 보냈다.

"중세의 랜드마크, 스트라스부르의 첨탑이여, 구텐베르크 광장이여, 여기 정진과 함께 직지가 왔노라!"

기연은 웃었다. 영문도 모르고 따라온 주제에 폼은 혼자 다 잡는 광경에 웃지 않을 수 없었다.

"중세에 왜 고딕식 성당을 그토록 열심히 지은 줄 아세요?"

"멋지잖아요."

"호호, 하늘에 계신 하느님께 닿고 싶은 그리스도교인들의 끝없는 열정을 담은 거래요."

"유학하실 때 스트라스부르에도 오신 적 있나 보죠?"

"아니에요. 처음이에요. 피셔 교수를 만나러 올 준비를 하면서 도시에 대해서도 공부를 좀 해두었지요."

두 사람은 노천카페에서 프랑스식 대형 잔에 담겨 나오는 카페 크렘과 바게트 샌드위치로 점심을 먹은 뒤 바로 대학교로 향했다. 택시를 타기에 애매한 거리라 걸어가는 동안 김 교수는 아름다운 날씨와 로마인의 발자취가 남아 있는 천년도 넘은 전형적 중세 도시의 고풍스런 모습에 취해버린 것 같았다. 그는 이 도시에 온 목적은 다 잊어버린 듯 지나치는 사람들에게 미소를 날리며 기연과 마치 다정한 연인인 듯 코스프레를 했다.

"팔짱까지 끼면 완벽할 텐데요."

"뭐가요?"

기연이 날 선 표정으로 묻자 김 교수는 얼른 눈길을 돌리며 흰소리를 해댔다.

"드디어 스트라스부르대학이네요. 우리가 타임머신을 타고 온 것 같아요. 모두 중세 분위기의 건물인데요."

스트라스부르대학교의 피셔 교수는 기연이 명함을 내밀자 놀랍다는 듯 한참이나 명함과 기연의 얼굴을 번갈아 눈에 담더니 이윽고 두 사람에게 자리를 권했다.

"커피? 아니면 티?"

전화 통화에서 느꼈던 인상과 달리 피셔 교수는 꽤 친절한 편이었다. 차를 마시는 동안 비행시간 등 이런저런 한담으로 대화를 편안하게 이끌던 그는 찻잔을 치우고 나자 노트북을 가지고 와 탁자에 놓았다.

로마대학교에서 문학을 전공하고 한국의 고려대학교에서
라틴어를 가르쳤던 전직 교수 전형우입니다. 직지와 구

텐베르크의 42행성서를 활자 주조 기법의 동일성이라는 측면에서 파헤쳐 훌륭한 논문을 세상에 내놓은 당신의 위업에 감동했습니다.

하지만 저를 포함한 한국의 많은 연구자들이 학문적 관점에서 요체를 파악하지 못하고 조각조각의 부정확한 정보에만 집착하는 바, 동문으로서 부탁하건대 논점을 총괄해주시면 감사하겠습니다.

"이게 전형우 교수가 내게 맨 처음 보내온 메일이오."

기연과 김정진 교수는 전 교수의 메일을 찬찬히 읽어보았다.

"그런데 여기 동문이라는 건……."

"나 역시 로마대학교 문학부 출신이오. 동문록에서 그분을 발견하고는 반가웠고 유대감도 느꼈어요."

"아, 그런 줄은 몰랐어요."

기연은 전 교수가 로마대학교에서 박사를 했다면 교황청의 방대한 비밀문서와 진작부터 인연이 있을지 모른다 생각하며 피셔 박사의 말에 더욱 귀를 기울였다.

"그가 예의를 갖춰 보낸 메일을 쉽게 얘기하자면, 1377년에 찍은 직지와 1455년에 찍은 구텐베르크의 첫 금속활자

인쇄본인 42행성서 사이에 과연 유사점이 있느냐, 있다면 어떤 유사점이 있느냐를 비교문헌학의 관점에서 증명해달라는 거요. 구텐베르크의 초기 성경을 42행성서라 부르는 건 한 페이지에 42행이 인쇄되었기 때문이오."

"그래서 해주셨나요?"

"이게 내가 보낸 답장이오."

두 사람의 눈이 열기를 띤 채 피셔 교수의 답장을 읽어 내려갔다.

독일과 한국 사이에는 고려 혹은 조선의 인쇄술이 구텐베르크에게 영향을 주었는가 여부로 큰 논쟁이 벌어지고 있습니다. 그러나 이 논쟁은 아무리 그럴듯하더라도 가능성을 제기하는 것에 불과하고, 확고한 증거가 없기 때문에 절대로 끝이 날 수 없습니다.

이런 경우 문헌학에서 차용하는 방법은 과학입니다.

그전에 직지의 인쇄방법에 대한 이해가 필요하기 때문에 잠시 설명을 하자면, 직지는 먼저 주사위 모양의 나뭇조각에 글자를 새깁니다. 그 나뭇조각을 모래 안에 파묻고 단단히 다진 다음 빼내면 모래 속에 글자의 모양이 남습니다. 여기에 쇳물을 붓고 식었을 때 빼내면 금속활자가 완성되는 것입니다.

한 번에 한 글자를 만든다면 쇳물이 들어간 통로와 글자가 같이 남으므로 막대 끝에 한 글자가 달린 형태가 되겠지만 한 번에 여러 글자를 만들기 때문에 매 글자에 도달하는 쇳물의 통로가 마치 나뭇가지처럼 남아 활자가지가 되는 것입니다.

독일인들은 구텐베르크의 활자는 주조법이 아예 다르다고 주장합니다. 즉 먼저 단단한 금속막대에 글자를 새긴 다음 무른 금속에 대고 펀칭을 해 주조틀을 만들고 쇳물을 부었다는 겁니다. 이 방식으로 하면 활자의 단면이 매끈하고 깨끗하며 각각의 활자가 완전히 동일합니다.

그렇기 때문에 문제는 아주 간단합니다. 비록 당시의 활자는 다 사라지고 없지만 그 활자를 사용해 찍은 문헌은 남아 있기 때문입니다. 바로 직지심체요절과 구텐베르크의 42행 성서지요.

그리하여 저는 프랑스 당국의 허가를 얻어 국립도서관에 있는 직지와 구텐베르크가 찍어낸 42행성서를 현대 과학의 힘을 빌려 비교했습니다.

제가 사용했던 방법은 전자현미경이었습니다. 7,200배 확대 가능한 3D 전자현미경으로 구텐베르크의 42행성서 표면을 관찰한 결과, 표면에서 모래 알갱이의 흔적이 발견되었던 것입니다.

이것은 독일이 주장하는 펀칭이 아닌 직지의 주물사주조법을 사용해 성경을 찍었다는 움직일 수 없는 증거입니다.

모래 자국보다 더 확실한 증거는 글자의 동일성 여부입니다. 펀칭 방식으로 활자를 만들면 모든 활자가 동일한 모양으로 나옵니다. 하지만 모래주조 방식으로 활자를 만들려면 먼저 모래로 주형을 만들고 쇳물을 주형에 붓습니다. 이 모래 주형은 재사용할 수 없기 때문에 활자를 만들 때마다 주형을 다시 만들어야 하므로 각각의 활자 형태가 조금씩 다릅니다.

구텐베르크 성경은 같은 페이지에 인쇄된 글자라 하더라도 글자 모양이 다른 경우가 많이 있어 펀칭이 아닌 주물사주조법으로 만들어진 활자로 인쇄된 것이 확실합니다. 또한 42행성서의 활자는 표면이 거칠고 금속 자투리가 남아 있는데, 이것은 모래주조로 활자를 만들었을 때 생기는 전형적인 현상입니다.

구텐베르크가 고려 혹은 조선의 금속활자를 본받았다는 증거는 활자 주조 방식 외에도 그 활자들의 정렬 방식에서도 찾을 수 있습니다.

1474년에 인쇄되어 현재 앙드레 말로 미디어센터에서 보관 중인 《성서용어색인서》를 잘 관찰하면 활자를 실로 엮기 위한 구멍이 존재하는 걸 볼 수 있는데 이것 또한 직지의 방식입니다.

이상의 특징들로 미루어 봤을 때 구텐베르크의 초기 인쇄물은 고려 혹은 조선의 영향을 받았음을 부정하려야 부정할 수 없습니다.

"아!"

기연의 입에서는 저절로 탄성이 새어 나왔다. 이토록 간단하고도 명료하게 두 문헌의 관계를 프랑스 학자가 집어내고 있을 줄은 꿈에도 생각지 못했던 것이다.

"이메일을 받고 난 뒤 전 교수로부터 연락이 왔나요?"

"고맙다고 인사하는 메일이 온 뒤로 다른 건 없었소."

"피셔 교수님이 보시기에 이 메일은 위험한 것일까요?"

"전 교수가 목숨을 빼앗길 정도로 위험하냐고 묻는다면 내 대답은 '아니오'요. 여러 사람이 비슷한 주장을 제기했었고, 위험해도 내가 가장 먼저 위험했을 테니까."

"그렇겠지요. 이미 발표된 논문이라 위험할 리 없겠지요. 이 논문을 발표한 이후 누군가로부터 협박을 당했다거나 한 일은 없으셨죠?"

"전혀 없었소."

피셔 교수는 고개를 가로젓다 뭔가가 기억에 떠오르는지 입을 열었다.

"갑자기 태도를 바꿔 논란이 된 사람이 있긴 해요. 이유는 모르지만."

"학자인 모양이네요."

"맞소. 미국 프린스턴대학의 폴 니덤 교수라는 사람인데, 그는 직지와 42행성서는 아니지만 컴퓨터로 구텐베르크의 금속활자 인쇄본들과 조선 초기 금속활자본들을 정밀 분석한 결과 두 활자의 주조법이 동일하다는 연구결과를 발표했소. 그러나 그는 이내 기자들의 질문에 과잉해석이었다며 인터뷰를 극구 거부했소. 그때는 그런가 보다 했는데 지금 김 기자 질문을 받고 보니 그 사람이 참 이상하다 생각되는군요."

"그 사람이 태도를 바꾼 게 자신의 연구결과에 대해 자신감이 없어진 게 아니라 누군가로부터 협박을 받았기 때문이라는 말씀이신가요?"

"협박이거나 회유일 가능성이 있다는 얘기요. 학자가 그런 주장을 하려면 엄청난 열정을 기울여 꼼꼼히 연구해야 하는데, 발표를 하고 나서 이런저런 핑계를 대며 자신의 주장을 철회했다면 거기에는 말 못할 사정이 있었던 것 아니겠소. 시시한 대학도 아니고 프린스턴대학의 교수가 말이오."

"그러네요."

"전 교수가 구텐베르크의 금속활자는 발명이 아닌 모방이라는 주장을 했기 때문에 죽임을 당한 건 아니라는 게 내 판단이오. 하지만 그런 주장에 대한 거친 저항이 전혀 없었다고도 볼 수 없소."

"그런데 하나 이상한 점은 살인자가 현장에 매우 뚜렷하게 자신의 상징적 흔적을 남겨두었다는 거예요. 이걸로 보아 청부업자가 아닌 건 분명한데, 아마추어가 했다고 보기에는 놀랄 만큼 현장 정리를 깨끗이 해서 살인자의 정체는 물론이고 그 동기가 더욱 오리무중이에요."

"글쎄, 난 그런 부분은 알지 못해요."

"지난번에 전화로 말씀드렸던 아비뇽의 카레나라는 분에

대해서는 전혀 떠오르는 게 없으셨던 모양이에요?"

피셔 교수는 잠잠히 고개를 가로저었다.

"혹 직지나 구텐베르크가 아비뇽과 무슨 관계가 있지는 않을까요? 전 교수가 아비뇽에 가려 했고 거기서 카레나라는 여성을 만나려 했다면 틀림없이 직지와 연관된 일일 텐데요."

"구텐베르크가 활동했던 지역은 여기 스트라스부르와 바로 옆 마인츠요. 아비뇽은 여기서 너무 먼 데다 구텐베르크가 태어나기 전에 이미 교황이 바티칸으로 돌아가버렸기 때문에 중요성을 상실해버렸소. 그래서 그 도시가 특별한 의미를 가진다는 생각을 해본 적이 없소. 다만 아비뇽과 관련해 기억해야 할 건 발트포겔이라는 사람이 있었다는 사실이오."

"발트포겔이요?"

"발트포겔은 구텐베르크와 어떤 인맥을 통해 연결되었다고 얘기되는 사람이오. 그런데 이 사람이 필사업자로 아비뇽 인근의 세낭크 수도원을 비롯해 여러 수도원과 수녀원의 일을 했는데, 어느 날부터 주물사주조법으로 금속활자를 제작해 인쇄에 사용했다고 해요."

"구텐베르크의 42행성서 전에요?"

"그렇소. 그 무렵 동방에 갔다 온 수도사들이 거기서 접한 금속활자를 교황에게 전했고, 그 후 유럽에서 금속활자 인쇄가 시작되었다는 이야기가 전설처럼 생겨났소. 나는 그 이야기의 전거를 찾으려 애썼지만 어떤 서적이나 기록에도 남아 있는 게 없었기에 이 사람 발트포겔이 그 이야기의 한 축이지 않을까 생각했던 적이 있소."

"그 사람의 생애를 정확히 밝혀내면 금속활자의 전래 여부가 분명해지겠군요. 그럼 전 교수는 그 전설을 좇아 아비뇽에 가려 했던 걸까요?"

"가능성이 있어요. 전설이긴 하지만 최근에 미국 부통령이었던 앨 고어가 그럴듯하게 세상에 퍼뜨렸으니까."

김정진 교수가 끼어들었다.

"아, 그 전설이 앨 고어 전 부통령이 서울에 와서 구텐베르크의 인쇄술은 당시 교황사절단이 한국을 방문한 후 얻어왔다고 했던 주장의 원전이군요. 고어 부통령은 훗날 스위스 바젤의 인쇄박물관에서 알게 되었다고 밝혔는데요."

"박물관에 따라서는 그런 전설을 소개하기도 하니까. 아마 추어지만 유명인이다 보니 센세이션을 일으켰을 뿐 그리 받아들일 만한 내용은 아니오."

"그럼 전 교수는 발트포겔의 흔적을 찾아 아비뇽에 가려 했던 걸까요? 아니면 아비뇽의 교황 요한 22세가 보낸 편지를 추적하러 거기에 가려 한 걸까요? 카레나는 그걸 연구한 학자이고요?"

기연은 피셔 교수에게 계속 아비뇽과 전 교수의 관계에 대해 물었다. 서울에서 여기까지 날아온 기회비용을 따지자면 좋아하는 음식이나 집에서 기르는 강아지 이름까지 물어야 할 판이었다.

"서지학이나 문헌학계에서 그런 이름을 들어본 적이 없소. 어쩌면 그 사람은 향토사학자일지도 모르겠소. 프랑스에는 곳곳에 저명한 학자보다 오히려 더 깊이 알고 있는 향토사학자들이 있으니까."

"오늘 좋은 말씀 감사합니다."

더 이상 나올 게 없다는 판단에 기연이 인사와 함께 일어나자 피셔 교수는 약간의 연민이 실린 목소리로 물었다.

"전화번호를 주고 가겠소? 새로운 사실을 알게 되면 연락하리다."

"감사해요."

피셔 교수의 의도는 알 수 없었지만 기연은 휴대폰 번호를 적어주고 피셔 교수와 작별했다. 김정진 교수는 오랜만에 자신이 가장 잘할 수 있는 일을 찾은 양 악수를 나누었음에도 다시 몇 번이나 손을 흔들며 고마움과 아쉬움이 뒤섞인 마음을 내보였다.

세냥크 수도원의 전설

어디서나 노트르담 성당의 높은 첨탑이 보이는 스트라스부르 시내를 지나는 동안에도 기연은 고개 한 번 돌리지 않은 채 조금 전 피셔 교수에게서 들었던 얘기를 곱씹었다. 문헌학자로서 세계적 명성을 가진 그로부터 직지와 구텐베르크 42행성서 사이의 연관성에 대해 확고한 판정을 듣게 된건 더할 나위 없는 행운이고 성과였지만, 전 교수의 죽음과 관련해서는 여전히 답보상태에 머물러 있었다.

그와의 대화를 통해 하나 확실해진 것은 전 교수 피살사건이 직지가 유럽에 전해졌다는 사실을 캐려는 데서 발생한 게 아니라는 점이었다. 비록 위협을 받았을지언정 그런 주장의 본산인 프린스턴대학 교수나 피셔 교수에게는 별일이 생기지 않았으니 말이다.

"아비뇽에서는 뭐라도 건져야 할 텐데……."

기연이 돌연 혼잣말처럼 밑도 끝도 없이 내뱉은 말에 휴대폰으로 풍경사진을 찍고 있던 김정진 교수는 염려스러운 듯 휴대폰을 내리고 고개를 끄덕이며 동조했다.

"무얼 하는지도 모르는 카레나라는 이름 하나 달랑 들고 낯선 도시에 간다는 게 참 갑갑하네요. 피셔 교수 말대로 향토사학자 중에라도 있었으면 좋겠는데……."

"전 교수님은 누구도 주목하지 못했던 어떤 비밀을 탐지했을 거예요. 그러지 않고서는 죽임을 당할 이유가 없어요. 문제는 그게 무엇이냐 하는 건데, 직지와 연관된 거라면 몰라도 그렇지 않고는 짐작할 수 있는 게 아무것도 없어요."

"그러니 비밀이겠지요."

"천하태평이시네요. 저는 지금 아비뇽에 가서 무얼 어떻게 하나 걱정이 한가득인데 김 교수님은 어쩜 그리 마음이 편하세요?"

"막상 아비뇽에 가면 일이 풀릴지도 모르잖아요. 카르페 디엠! 일단 지금은 잠시 접어두고 바깥 풍경을 받아들여요. 여기서 거기까지는 경치가 아주 좋다던데요. 스위스 산악지대도 거치고요."

"흠……."

기연은 창밖을 무심히 내다보며 말을 이었다.

"그나저나 참 희한하죠. 우리나라는 산에 가야 숲이 있는데 여기는 평원에 저렇게나 울창한 숲이 많아요."

사실 기연은 창밖으로 눈을 두면서도 마음속으로는 아비뇽에서 카레나를 어떻게 찾나 하는 생각에 몰두하고 있었기 때문에 김 교수의 말을 듣고서야 비로소 창에 스치는 풍경을 맞아들이며 말을 섞었다.

"누군가 프랑스에서 가장 아름다운 철길 중 하나라고 인터넷에 올렸던데요."

과연 스트라스부르에서 출발한 테제베의 창밖으로는 짙은 숲을 품은 푸른 평원이 연달아 펼쳐지고 있었다. 기차를 따라 아름다운 산과 세차게 흐르는 맑은 물이 마치 친구처럼 멀어졌다 다가오곤 하여 기연은 기분이 무척 상쾌해졌다.

"스쳐 지나는 마을들이 한결같이 참 작네요."

"네. 그런데 마을마다 성당이 있고 그 앞에는 광장이 있어요. 어떤 곳은 마을 규모와 성당 규모가 거의 비슷하던데요."

반나절 가까이 달린 테제베가 아비뇽 역에 도착하자 두 사람은 급히 택시를 타고 시청으로 달려갔다.

"카레나라는 이름의 교수나 학자, 문화예술인은 없습니다."

동그랗고 커다란 안경을 낀 30대 초반의 여직원은 시의 모든 사람들을 다 안다는 듯 이름을 듣자마자 바로 대답했다.

"찾아보지도 않고 어떻게 아시죠? 실수가 있을 수도 있잖아요."

"이 작은 도시에서는 그런 실수가 있을 수 없습니다."

"카레나라는 이름을 가진 사람이 있기는 한가요?"

"글쎄요. 그 이름을 사용하는 선박회사는 얼른 떠오르는데 주변에선 못 들어본 것 같아요."

  기연의 불길한 예감은 적중했다. 서울에서 이미 아비뇽대학교의 헬레나 교수를 통해 직지나 기타 인쇄의 역사와 관련이 있을 걸로 볼 수 있는 인물 중에 카레나라는 이름은 없다는 통고를 받기는 했지만, 막상 현지에 와서 그 사실을 확인하자 허탈의 심연으로 빠져들지 않을 수 없었다.

"그런데 그게 성인가요?"

"모르겠어요."

"나이는 아세요?"

"아니, 몰라요."

"성별은요?"

"그것도. 그런데 여자이름 아닐까요?"

"그게 이름이면 여자예요. 하지만 성이라면 남자일 수도 있어요."

"사실 아무것도 아는 게 없어요."

"아주 희귀한 이름이라면 차라리 나은데. 빠쥐 블랑쉬 사이트에서 찾아 일일이 전화를 하면 되니까요. 그렇지만 본인이 정보공개를 원하지 않으면 아예 없을 수도 있어요."

"빠쥐 블랑쉬요?"

"잠깐 기다려요. 내가 해볼 테니."

여직원은 컴퓨터 키보드를 두들기고 모니터를 보더니 이상하다는 듯 고개를 가로저었다.

"이상하군요. 흔한 이름처럼 들리는데 막상 빠쥐 블랑쉬에는 그런 이름이 없네요. 아마 정보공개를 꺼려서 그럴 거예요. 여하튼 교수나 학자, 문화예술인 중에는 그런 사람이 없다는 걸 확실히 얘기할 수 있어요."

"향토사학자나 동네 이야기꾼 중에도 없을까요?"

"아비뇽에서는 조그만 얘깃거리만 있어도 다 문화예술의 소재가 되니 문화예술인은 많지만 동네 이야기꾼이랄 수 있는 사람들이 없어요. 향토사학자는 제가 다 알고요. 그런데 무슨 일로 그러시죠?"

"저는 한국에서 온 기자예요. 중세시대에 여기 아비뇽에 살았던 발트포겔이라는 분의 업적을 취재하고 있어요. 그런데 카레나라는 이름을 가진 아비뇽 시민이 이분에 대해 깊이 연구했다고 들었어요."

여직원은 고개를 갸우뚱하며 얼굴에 유감스러운 표정을 담아 말했다.

"이상하네요. 그러면 내가 모를 리 없는데."

여직원은 기연의 얼굴을 바라보며 찬찬히 고개를 가로젓다 친절을 베풀었다.

"제가 오늘 밤 전화로 여기저기 물어볼게요. 연락처를 주시면 내일 오전 중으로 전화를 드리지요."

"감사해요."

기연은 아비뇽이라는 도시가 생각보다는 인간적이란 느낌에 처음의 긴장감이 다소 해소되는 느낌이었다.

"인터넷을 보니 다소 비싼 호텔이 있고 싼 호텔이 있는데 어느 쪽이 좋겠어요? 한 3만 원 차이가 나요."

"글쎄요, 김 교수님이 정하시죠."

"아니 반드시 김 기자가 먼저 정해야 합니다."

"기회비용이란 게 있으니 약간 나은 호텔이 좋지 않을까요?"

"그럼 나는 싼 호텔로 갈게요."

"아니, 호텔을 따로 잡자는 얘기예요?"

"네."

"왜요?"

"아무래도 그편이 안전하겠지요."

순간 기연은 어딘지 약간 모욕당하는 느낌이 들었다. 김 교수의 의도는 같은 호텔에 들면 혹 무슨 일이 생길지 모른다는 얘기나 다름없었고, 자신을 그렇게 대하는 건 겉으로 나타나지 않는 성추행일 수도 있다는 판단에 기연은 다소 날카로운 목소리로 말했다.

"괜히 같이 왔나 봐요, 별로 하시는 일도 없는데."

"저녁은 제가 살게요."

기이하게도 서로 다른 호텔에 방을 잡은 두 사람은 미리 보아둔 중간쯤의 노천카페에서 만났다. 기연은 간단하게 수프와 샐러드를 주문했고, 김정진 교수는 지중해식 생선요리를 시키고는 와인 한 병을 골랐다.

"다른 호텔에 있으니까 더 편하네요. 처음엔 이상했는데 생각해보니 탁월한 선택이었어요."

"찾아보니 여기서 기차로 20분 거리에 고흐가 살았던 아를이 있어요. 그가 사랑했던 노란 카페, 그가 입원했던 병원, 론강, 아직도 옛 모습을 그대로 간직하고 있다는 개폐교 할 것 없이 온통 그의 그림으로 그려졌던 것들이에요. 하나같이 명작이고 대작이잖아요."

"네, 저도 찾아는 봤어요."

"그러셨겠지요. 우리나라 사람치고 빈센트 반 고흐를 안 좋아하는 사람을 찾기 힘들 거예요. 내일 아침 일찍 아를부터 갔다 오기로 해요. 아비뇽까지 와서 거기를 안 간다면 문화인이 아니죠."

기연은 건성으로 고개를 끄덕이기는 했지만 머릿속은 카레나를 만나야 한다는 생각으로 꽉 차 있어 마음이 그리 가볍지 않았다.

"일부터 하고 가는 건 어떨까요?"

"그게 좋긴 하지만 아침에는 우리가 할 일이 없잖아요. 그 시청 직원이 연락을 줄 때까지는."

하긴 그 연락을 기다리는 것밖에는 할 일이 없어 기연도 답답하던 참이었다. 그러나 그렇다고 해서 관광부터 다닐 수는 없는 일이었다. 기연은 와인 잔을 입술에 갖다 대며 찬찬히 전 교수의 궤적을 머릿속에 떠올렸다.

전 교수는 어떻게 해서 카레나라는 이름에까지 다가섰을까. 나는 지금 그와 똑같은 길을 걸어왔고, 심지어 그보다 더 앞서 있다. 그는 스트라스부르에 가려고 계획을 세웠을 뿐이

179

지만 나는 실제로 가서 피셔 교수를 만나기까지 했다.

피셔 교수의 판단에 따르면, 아니 상식적으로 생각해도 이미 여러 사람이 언급한 직지의 유럽 전파설은 전 교수의 피살 동기가 될 만큼 큰일은 아니다. 그게 그리 큰일이라 하더라도 그는 피셔 교수를 만나지도 못한 상태에서 죽지 않았나.

그렇다면 그의 죽음은 직지와 관계가 없을 수도 있다. 그러나 그럴 수는 없다. 그의 죽음을 직지와 떼어놓는다면 살해현장은 더더욱 이해할 수 없다. 그가 외국인과 다른 무슨 이유로 충돌을 했단 말인가. 그의 죽음은 교황의 편지로 말미암아 직지에 연루되었고, 그 과정에서 아무도 모르는 어떤 비밀에 다가섰기 때문인 것으로 보는 게 가장 합리적이다.

그는 도대체 어떤 비밀을 건드렸을까. 스트라스부르와 아비뇽까지 달려온 내가 전 교수보다 못할 것이 없다. 그런데 그가 다가선 비밀이 보이기는커녕 그게 뭔지 짐작조차 못하고 있다.

나는 무엇을 놓치고 있는 것일까. 그는 어떤 경로로 비밀에 다가섰고, 나는 짐작조차 못 하는 걸까. 그에게는 있고 내게는 없는 게 뭐란 말인가.

"김정진 교수님."

기연이 갑자기 차분히 가라앉은 목소리로 자기를 부르자

김 교수는 와인 잔을 입에서 약간 뗀 채 눈에 힘을 주며 기연을 응시했다.

"전 교수의 진화에 대해 생각해보면……."

"진화?"

"네, 그의 변화를 매 단계 좇아가보는 거예요."

기연의 표정이 몹시 진지해 보이자 김 교수는 잔을 놓고 자세를 고쳐 앉았다.

"일단 전 교수의 모든 행동은 직지와 연관이 있다 생각해야 하잖아요. 그렇지 않을 수도 있을까요?"

잠시 생각하던 김 교수는 고개를 가로저었다.

"그가 처음 접한 직지 관련 정보는 교황의 편지예요."

"틀림없어요. 내가 그에게 연락하기 전까지 그는 교황의 편지에 대해 아무것도 몰랐고, 직지에 대해서도 대충 아는 수준이었어요."

"김 교수님을 비롯한 직지 연구자들의 바람과는 달리 그는 교황의 편지에 나오는 세케는 충숙왕이 아니란 결론을 내렸고요."

"틀린 결론이지만 하여튼 그래서요?"

"그가 어떻게 해서 남들은 전혀 모르는 위험한 비밀에 다가갔는지 추리하는 거니까 반론은 나중에 얘기하세요."

"알고 있으니 계속해요."

"저는 서울대학교 안 교수에게 편지의 해독을 부탁했고, 그분은 아주 명징하게 그 편지가 충숙왕에게 보내진 게 아니라는 결론을 내려줬어요."

"그런데요?"

"하지만 두 사람의 방법은 달랐어요."

"무슨 뜻이죠?"

"안 교수는 편지의 내용을 갖고 역사지리학적 관점에서 세케가 충숙왕일 수는 없다는 걸 증명했어요. 하지만 전 교수는 편지의 수신인, 즉 세케가 누구인지를 언어학적으로 밝히려 했어요."

김 교수는 고개를 끄덕여 공감을 표시했다.

"맞아요. 코룸이 '키'의 복수형이기 때문에 레기 코룸은 코룸의 왕이 아니라 '코레스 사람'들의 왕이라 해석해야 한다고 전 교수님이 주장했던 게 기억나요."

"이제껏 저는 전력을 다해 이 사건을 추적했고 피셔 교수를 만나 들어야 할 얘기는 다 들었어요. 그런데도 무엇이 전 교수의 죽음을 초래했는지 짐작을 못 하고 있어요. 이건 전 교수는 접할 수 있는데 저는 도저히 접할 수 없는 영역이 있다는 얘기예요."

"음!"

"전형우 교수는 도달할 수 있고 저 김기연 기자는 죽어도 도달할 수 없는 영역. 그게 뭘까요?"

기연의 추리에 공감하는지 진지한 표정으로 한참 생각하던 김 교수는 아무것도 떠올리지 못하고 농담 섞인 한마디를 건넬 뿐이었다.

"글쎄, 그런 영역은 없을 것 같은데. 김 기자는 내가 본 여성 중 가장 총명하거든요."

"틀림없이 있어요."

김 교수가 고개를 가로젓자 기연은 진지한 표정으로 낮은 목소리를 밀어냈다.

"라틴어!"

"라틴어! 아!"

"바로 그거예요. 전 교수는 당시의 역사나 지리에 비추어 세케가 충숙왕이 아니라고 설명하는 걸로는 반대론자들을 물리치기 어려웠을 거예요. 그래서 라틴어의 직접 해석을 내놓을 수밖에 없었고, 그 과정에서 외국의 누군가와 연락을 주고받았을 가능성이 있어요. 그러다 역린을 건드렸을 가능성이 커요."

"역린, 거꾸로 난 비늘이라. 누구의 역린이란 말이지요?"

"찾아야죠."

"그러면 좋겠지만 우리가 찾을 수 있을 것 같지는 않은데."

"물론 드러난 게 아무것도 없으니 갑갑하지만, 이제 모든 걸 라틴어와 결부시켜 생각해봐야 해요."

"그럼 그 카레나라는 사람은 라틴어에 조예가 깊고, 또 교황의 편지에 대해 문의하려고 접촉한 전 교수님에게 비밀의 단초를 제공한 사람으로 봐야 할까요?"

"아마 카레나는 찾을 수 없을 거예요. 연관될 만한 일을 하는 사람은 다 찾아봤고 사람 찾는 사이트에도 없으니 본인이 정보공개를 원치 않거나 아니면……."

"아니면?"

"우리가 아예 뭔가를 잘못 생각하고 있는 거예요."

"그럼 아비뇽에서 우리가 할 일은 이제 없는 걸까요?"

"피셔 교수가 얘기한 세낭크 수도원에 가봐야 할 것 같아요."

"발트포겔의 흔적을 찾아서요?"

"그것도 있지만 왠지 이 일은 어떤 높은 신분을 가진 사람과 연관되었을 것 같은 기분이 들어요. 그리고 그 신분 높은 사람과 아비뇽을 연결시킬 수 있는 곳은 교황청이나 수도원일 확률이 높으니까요."

"신분 높은 사람이라면?"

"우리가 논리적·이성적으로 사고를 이어갔을 때 전 교수가 누군가의 역린을 건드렸을 수 있다 했죠. 역린이란 신분이 아주 높은 사람의 비위나 비밀을 얘기하는 거잖아요."

"역린이야 우리가 그냥 편의상 썼을 뿐인데요."

"하지만 합리적 추론의 결과였어요. 어쨌든 전 교수가 아비뇽에 오려 했던 만큼 현재 여기 있는 우리로서는 할 수 있는 모든 걸 다 해야 해요."

두 사람은 마지막 잔을 부딪치고는 자리에서 일어났다.

다음 날 아침 두 사람은 차를 빌려 한 시간 정도 달린 끝에 숲이 우거진 언덕 위의 세낭크 수도원에 도착했다. 위치로만 보면 세낭크 수도원은 아비뇽이 아닌 보클뤼즈주의 수도원이라 불리는 게 맞겠지만, 아득한 옛날에 생겨나 교황청이 있었던 아비뇽과 가깝다 보니 아비뇽의 수도원으로 여겨지는 모양이었다.

가을의 초입에 황혼의 아름다움을 내뿜는 라벤더 정원으로 둘러싸인 세낭크 수도원은 정적에 휩싸여 있었다. 묵언수행이 수도원의 기본 수칙이라 수사들이 있는지조차 모를 정도여서 두 사람 역시 한동안 입을 다문 채 수도원 경내를 걸었다. 김 교수가 짓눌리는 듯한 중압감을 벗어나려는지 헛기침을 한 번 한 뒤 억지로 목소리를 끌어냈다.

"말을 하는 게 죄악으로 여겨질 정도네요."

기연은 말없이 고개를 끄덕이고는 건물 안으로 들어섰다. '용무가 있는 분은 들어오시오'라는 안내문이 붙어 있는 방을 가볍게 노크하고 들어서자 낡은 수사복을 입은 중년의 한 수사가 앉은 자리에서 가볍게 목례를 보내왔다.

"오랜 옛날부터 내려오는 영원의 침묵이 수도원 전체를 휘감고 있는 듯하네요. 저는 한국에서 온 기자이고 이분은 교수예요."

두 사람이 명함을 내밀자 수사는 자리에서 일어나 다시 한 번 가볍게 목례를 하며 자신을 소개했다.

"방문객 안내를 맡고 있는 칼레 수사입니다. 무엇을 도와드릴까요?"

"라벤더 향에 뒤덮인 세낭크 수도원의 이유 있는 침묵이 뜻있는 여행을 추구하는 한국인들 사이에 회자되고 있어서 수도원의 역사를 취재하고 싶습니다."

수사는 감사를 표하는 목례를 한 뒤 잔잔한 목소리로 말했다.

"우리 수도원의 수사와 방문객은 하루에 15분만 말할 수 있습니다. 두 분과 저도 마찬가지입니다."

"그러면 제가 녹음을 해도 될까요?"

"네, 상관없습니다."

기연이 휴대폰을 테이블에 내려놓자 칼레 수사는 먼저 성호를 긋고 나서 얘기를 시작했다.

"베네딕토회 몰렘 수도원의 로베르 신부께서 일으킨 시토회의 이 수도원은 1147년에 만들어졌습니다. 좀 더 엄격한 원시 수도원으로의 복귀라는 정신을 실현하려 한 시토회는 모든 화려한 문물과 제도를 배격했기 때문에 수도원 건물들을 작고 단순하고 소박하게 지었어요. 900년 가까이 이어져 내려오는 동안 지금은 없어진 인근의 고르드 수녀원과 함께 남루한 옷을 입고 맛없는 음식을 먹으며 엄격한 규율 속에서 황무지를 개간하는 등 힘든 노동으로 영성의 정화에만 몰입해왔어요."

"그래서 수도원이 침묵의 심연에 빠진 거군요. 900년이라면 길고도 긴 시간인데 혹시 이 수도원에 전해 내려오는 전설이나 괴담 같은 건 없을까요?"

"수행 도중 악마가 든 수사님도 계시고 기나긴 단식수행 끝에 순교한 수사님도 계시지만, 그런 거야 거의 모든 수도원에 있는 얘기니까 특별할 것은 없지요."

"스트라스부르대학교의 피셔 교수님은 이 세낭크 수도원에 금속활자와 관련된 얘기가 있다던데요. 혹시 발트포겔이라는 이름을 들어보셨어요? 아비뇽 교황청과도 연결된 분인데요."

"금속활자요?"

"네."

"그런 얘기가 없는 건 아닙니다."

수사는 주저하는 표정으로 무언가를 잠시 생각하다 입을 뗐다.

"발트포겔이 누군지는 모르지만 오래전부터 이 수도원에 전해오는 얘기가 있어요. 일종의 전설 같은 거지요."

"금속활자 얘긴가요?"

"금속활자와 연관됐는지는 모르겠어요. 동방에서 온 승려들의 얘기예요."

"승려요?"

"그 방을 없애버린 지금은 수사들의 관심에서 멀어졌지만 과거에는 이 수도원의 대표적 괴담이었다고 해요."

"동방에서 금속활자를 가지고 온 승려가 이 수도원의 한 방에 머물렀던 모양이군요."

기연의 짐작에 김 교수는 고개를 크게 끄덕였다. 피셔 교수로부터 확고부동한 과학적 설명을 들었던 터라 이제는 단어 한두 개만 들어도 두 사람의 뇌리에는 직지가 전해지는 그림이 훤히 그려지는 것이었다.

"글쎄요. 그들이 금속활자를 가지고 왔는지 어쨌는지는 모르지만⋯⋯, 전해오는 얘기에 따르면 그들은 머물렀다기보다는⋯⋯, 살해되었다는 거예요."

"네?"

"그래서 그 방을 없앴다고 하는데 구체적으로 어느 시기인지는 몰라요. 제가 수도원 관리기록을 찾아봐도 그런 이유로 방을 없앴다는 내용은 없었거든요."

수사가 풀어내는 전설은 두 사람의 관심을 확 끌었다.

"어떻게 동방의 승려들이 이곳 수도원에서 살해되었을까요? 기독교의 유일신 신앙에 어긋나는 설법을 펼쳤을까요?"

수사는 천천히 고개를 가로저으며 이야기를 이었다.

"교황 성하의 명에 따라 동방에 포교를 갔었던 수도사들이 돌아오면서 코리아의 승려 두 분을 모시고 바티칸으로 돌아왔다는 겁니다."

"코리아? 고려란 뜻인가요? 아니면 조선?"

"한국의 어느 시대인지 모르지만 여기서는 모든 경우에 다

코리아라 불러요."

"그렇겠군요. 그래서요?"

수사가 코리아의 승려라고 꼭 집어서 말하자 두 사람의 관심은 급상승했다. 피셔 교수가 현대의 과학이라는 기법으로 과거의 사실을 추정했다면, 수사의 얘기는 어쩌면 과거의 기록을 있는 그대로 꺼내보는 것이나 다름없었다. 비록 그것이 글이 아니라 오랜 세월에 걸쳐 사람의 입에서 입으로 전해 내려오는 얘기라 할지라도.

"그런데 바티칸으로 간 코리아의 승려들이 왜 이곳으로 왔을까요?"

"그건 잘 모르겠어요."

"어쨌든 바티칸 교황청에서 이 머나먼 아비뇽까지 코리아의 승려를 보냈다는 건 분명 특별한 이유가 있지 않았을까요?"

그들이 금속활자를 가지고 왔다는 말을 반드시 듣고야 말겠다는 듯 한 마디 한 마디 찍어내듯 나오는 기연의 말에 김 교수도 두 눈을 칼레 수사의 입에 고정한 채 크게 고개를 끄덕였다.

"네, 그랬을 법한데……, 그들이 어떤 이유인지는 모르지만 이곳으로 왔고, 한방에 갇혀서 죽임을 당했다, 그게 다예요. 금속활자 같은 이야기는 전해지지 않아요."

완벽한 과학적 검증방법으로 직지가 구텐베르크에게로 이어졌다는 것을 입증한 피셔 교수로부터 구텐베르크와 같은 시기에 발트포겔이라는 사람 또한 주물사주조법으로 인쇄를 했다는 말을 듣고 기연은 자신 있게 이곳 세냥크 수도원을 찾았다. 더군다나 칼레 수사가 이곳에 코리아 승려들의 이야기가 전해온다는 말을 꺼내자 모든 비밀이 단숨에 풀리는구나 잔뜩 신이 났었다. 그러나 수사의 마지막 말 한마디에 기연은 실망에 빠지고 말았다. 못내 아쉽다 못해 화가 난 김정진 교수는 칼레 수사를 윽박지르고 나섰다.

"그들이 로마에서 아비뇽까지 온 것도, 그리고 이 수도원에서 죽임을 당한 것도 모두 금속활자 때문인 게 분명해요. 도대체 무슨 다른 이유가 있겠어요!"

"……미안합니다."

맥이 풀리긴 마찬가지였지만 기연이 김 교수를 진정시키며 수사에게 물었다.

"그런데 교황청이 왜 두 승려를 이곳 세냥크로 보냈을까요?"

칼레 수사도 먼 길을 찾아온 기연과 정진이 몹시 안타까워하는 모습을 보고 동정심이 일었는지 무언가 위로가 되는 답을 해주려 노력하며 말했다.

"중세의 수도원이란 많은 비밀이 숨겨진 곳이었으니까요. 무슨 문제가 있는 사람들, 특히 이방인들을 두기에는 은밀한 수도원이 제격이었을 겁니다. 좌우간 두 승려는 영문도 모르고 긴 여행 끝에 여기 도착했다가 그 방에 갇히게 되었던 거죠."

"지금은 없어진 그 방에서 살해되었군요."

"한 사람만이요."

"그럼 나머지 한 사람은요?"

"그 사람은 창에서 뛰어내려 도망쳤어요."

"못 잡았나요?"

"그는 행방을 감추었다고 해요."

"그럼 그 도망친 승려는 어디로 갔나요?"

"그 뒷얘기는 없습니다. 다만 바티칸의 추기경님이 그 후 여기 세낭크 수도원과 인근의 고르드 수녀원을 자주 방문하셨는데, 아무래도 그 일과 관련이 있지 않을까 하는 소문이 돌았다고 해요. 추기경님이 오시는 건 아주 드문 일이거든요. 아니, 생전 없던 일이거든요."

아쉬운 얘기였다. 기연의 이런 기색을 눈치 챘는지 수사는 한마디를 보탰다.

"어디까지나 전설이에요. 수도원이란 워낙 폐쇄된 공간이다 보니 갖가지 믿을 수 없는 얘기들이 켜켜이 쌓여 있어요. 하지만 막상 사실 관계를 확인해보면 허황된 것들 투성이지요."

"그런데 그 이야기에 발트포겔이란 이름은 등장하지 않는 거죠?"

"네, 그 이름은 처음 들어봐요."

"알겠어요. 감사합니다."

두 사람은 수사와 인사를 나누고 수도원을 나왔다.

"승려들이 고려의 금속활자를 가져온 게 분명해요. 그것을 빼앗고 이곳으로 보내 죽인 거예요. 나쁜 놈들!"

김 교수는 예의 그 버럭하는 성격을 유감없이 드러냈다. 직지에 몰두해온 그로서는 안타깝기 그지없는 사건일 터였다.

"아쉽긴 하지만 그 당시의 역사인 걸 어떡하겠어요. 문제는 이야기의 원형이 뭔가 하는 거예요."

"그러고 보니 이야기가 많이 각색됐다는 느낌이 드는군요."

"네, 이야기가 800~900년 전승되다 보면 원형은 다 흩어지기 마련이지요. 하지만 전혀 없는 얘기가 생겨날 리도 없으니, 역사적 사실을 어느 정도는 내포하고 있을 거예요."

"동방에 갔던 수사들과 함께 온 코리아 승려들이 머나먼 이곳 아비뇽의 수도원에서 죽임을 당했다는 전설이 있고, 이곳에서 발트포겔이라는 사람이 주물사주조법으로 인쇄를 했다는 문서가 있다면, 이건 분명 금속활자가 전해졌다는 것을 말해준다는 생각이 들지 않나요?"

"저도 그런 생각을 했어요. 이 전설은 차차 곱씹어보기로 하고, 일단 아비뇽 교황청부터 가보기로 하죠."

"아를은 언제 가요?"

"아를은 다음에 개인적으로 가세요."

김 교수는 약간 툴툴거리는 듯하면서도 가뿐한 동작으로 운전대를 잡았다. 다소 부족하긴 해도 수도원에서 들었던 얘기가 그를 한껏 고무시키고 있음이 틀림없었다.

1444년의 기록

아비뇽의 교황청은 마치 요새처럼 육중한 성벽으로 둘러 싸여 있었다.

"전 유럽의 왕이라 할 수 있는 교황으로서는 크나큰 수모 였을 거예요. 프랑스 왕의 힘을 못 이겨 바티칸을 떠나 여기 아비뇽에 갇혀 있을 수밖에 없었으니까요."

"하지만 이 교황청도 대단한데요. 전체가 웅장한 석조건물 인 데다 거대한 자연석들이 담장을 이루고 있어요."

불과 70~80년의 짧은 역사에도 불구하고 교황청은 역시 교황청이었다. 두 사람은 범상치 않은 역사를 간직한 아비뇽 의 교황청을 둘러보았으나 역시 관심은 한곳으로 모아져 있 었다.

"당신네 한국인들 정말 놀라웠어요."

두 사람이 보통의 관람객과는 다르다는 걸 첫눈에 알아본 전시실 큐레이터는 전시물을 요모조모 뜯어보는 두 사람 곁에 와서 먼저 인사를 건넸다.

"그런가요?"

"우리가 까맣게 몰랐던 사실을 여기 온 지 다섯 시간밖에 안 됐던 사람이 찾아줬거든요."

자신을 큐레이터라 소개한 통통한 몸집의 중년 여성은 겸연쩍은 미소를 흘리며 최근에 있었던 일을 설명했다.

"〈직지코드〉라는 다큐멘터리 영화를 찍는 팀이 여기 왔어요."

김 교수는 기연을 향해 손가락으로 이름을 써보였다. 청주에서 만났던 바로 그 감독의 이름이었다. 그의 의도는 당신이 그토록 전 교수 살인범으로 몰았던 그 감독이 여기서 오히려 이런 칭송을 받고 있지 않느냐 하는 즐거운 자만심을 내보이려는 것 같았다.

"무얼 찾아준 거죠?"

"글쎄, 우리 박물관에 그런 자료가 있는지는 꿈에도 몰랐어요."

"……"

"1444년, 그러니까 구텐베르크가 금속활자로 성경을 찍어낸 해가 1455년이니까 그보다 11년 전이에요. 그때 여기 아비뇽에서 한 필사업자가 이미 주물사주조법으로 금속활자를 만들어 인쇄를 하고 있었다는 사실을 기록한 문서를 그 감독이 찾은 거예요."

"한국에서 온 다큐 감독이요?"

"네, 무척 부끄러웠지만 우리 박물관으로서는 말할 수 없을 정도의 수확이었어요. 그분이 아니었으면 그토록 희귀한 자료가 우리 박물관에 있는지조차 영원히 몰랐을 거예요. 발트포겔이라는 이름은 심포지엄 같은 데서 여러 번 들었지만, 그 명확한 기록이 우리 박물관에 있을 거라고는 꿈에도 생각하지 못했으니까요. 큐레이터로서 무척 자존심이 상했고 제 입장이 말할 수 없이 곤란해졌지만 워낙 큰 발견이라 작은 것들은 생각하고 말고 할 겨를도 없었어요."

큐레이터는 두 사람에게 직접 그 기록을 보여주었다.

"이것은 아비뇽 공무소, 지금으로 치면 아비뇽 시청의 기록이에요. 발트포겔이라는 이름의 인쇄업자가 주물사주조법으로 금속활자를 만들어 인쇄를 했고, 사람들에게 그 방법으로 금속활자 만드는 방법을 가르쳤다는 기록입니다."

두 사람은 라틴어로 된 기록을 완전히 해독하지는 못했지만 1444년이라는 연도와 발트포겔이라는 이름이 눈이 시리

게 빛을 발하고 있는 것은 분명히 알아볼 수 있었다.

"아, 발트포겔! 그 필사업자의 이름이 바로 발트포겔이었군요."

이제 직지가 유럽에 전해져 구텐베르크의 인쇄술이 탄생했다는 건 전혀 새로운 주장도 무엇도 아니었다. 피셔 교수의 과학적 검증뿐만 아니라 역사의 기록을 통해 명명백백히 드러나고 있는 것이었다.

"1444년이면 과연 구텐베르크보다 11년이나 앞섰군요."

너무나 놀라운 사실 앞에서 꼼꼼히 연도를 꼽아보던 기연은 잠시 머리를 갸웃거리다 김 교수를 향해 한마디 툭 내뱉었다.

"그런데 어째서 여기 아비뇽이죠?"

"네?"

"1444년이면 교황은 이미 바티칸으로 돌아간 지 오래고, 동방에 갔던 사절단이 금속활자를 가지고 돌아왔다 하더라도 바티칸이나 최소한 그 부근에서 인쇄가 시작돼야 하는데, 어째서 교황청에서 멀고 먼 여기 아비뇽에서 금속활자가 시작되었을까요?"

김정진 교수는 직지의 유럽 전파 사실이 명백해진 기록 앞에서 어린아이처럼 좋아하고만 있다가 기연이 별 쓸모없어

보이는 의문을 제기하자 무슨 상관이냐는 듯 두 팔을 들었다 놨다.

"교황청이 바티칸으로 가버린 후에 아비뇽은 그저 작은 시골마을에 불과했을 텐데 조선으로부터 전래된 금속활자가 어째서 이곳에서 처음으로 인쇄되었느냐는 거예요. 이상하지 않아요?"

"복잡하게 생각할 게 뭐 있어요? 아까 코리아의 승려 두 사람이 수도원에 왔다고 했잖아요. 한 사람은 죽었지만 또 한 사람은 달아났고요. 그 사람이 멀리 못 가고 여기서 살았거나, 여기 살던 누군가에게 기술을 전수하거나 했겠죠."

"그럴까요? 그럼 그 전설이 실제 있었던 역사적 사실이란 얘긴데요."

"글쎄, 나는 그런 질문이 무슨 의미가 있는지 모르겠어요. 여기 이런 기록이 있으면 그걸로 충분하지 않나요?"

"지금까지 많은 사실이 드러났지만 그중 어느 것도 전형우 교수가 목숨을 잃을 정도로 치명적이진 않아요. 김 교수님은 직지의 진실이 드러나 만족스러우시겠지만 저는 달라요. 직지의 진실 못지않게 전 교수의 죽음이 중요하거든요. 그리고 아까 이야기의 원형을 찾는 게 중요하다고 김 교수님도 말씀하셨죠? 지금 여러 추론을 얼기설기 맞추고 있지만 딱 떨어지는 객관적 사실이 없어요."

"왜 없어요? 직지가 유럽에 전해졌다는 사실을 입증하는 데 피셔 교수의 과학적 검증과 이 기록 외에 더 이상 뭐가 필요하겠어요?"

"무언가 더 있어요. 전 교수의 죽음과 대칭을 이루는 사실, 소문이나 전설이 아닌 묻혀 있는 어떤 사실을 찾아내야만 직지도 그렇고 전 교수의 죽음도 설명할 수 있어요. 최소한 저자신에게라도 말이에요."

"너무 복잡하게 생각하는 것 아니에요? 교황청의 편지로부터 시작하기는 했지만 전 교수는 결국 직지의 비밀에 다가섰고 그게 그를 죽음으로 내몰았잖아요. 그런데 지금 우리가 스트라스부르로, 또 아비뇽으로 와서 직지의 진실을 완벽하게 알아냈으니 전 교수의 죽음의 의미를 최고로 살렸어요. 어서 심포지엄 마치고 한국으로 돌아가 이 사실을 크게 알립시다. 김 기자는 기사로, 나는 논문으로."

"물론 대략의 흐름은 파악했어요. 하지만 우린 아직 전 교수가 왜 죽었는지, 누가 그를 죽였는지 전혀 감을 못 잡고 있어요. 직지 때문에 죽었을 거라고 어렴풋이 짐작은 하지만, 전 교수보다 훨씬 앞서나간 사람들 중 누구도 죽기는커녕 다치지도 않았어요."

"물론 그의 죽음까지 해결하면 좋기야 하겠지만 전혀 방법이 없잖아요."

"그가 남긴 두 개의 메모 중 하나는 만족스럽게 해결됐어요. 스트라스부르는 피셔 교수를 만나 직지의 과학적 검증을 확인하려 했던 걸로 그 동기가 쉽게 드러났고, 우리는 피셔 교수를 만나 전 교수가 원했던 걸 확인했어요. 그러나 아비뇽에 와서는 이런저런 얘기를 듣긴 했어도 결정적인 건 아무것도 없어요. 무엇보다 카레나를 만나야 하는데 자취를 전혀 못 찾고 있으니까요."

"그러게요. 단서는 차치하고 힌트조차 없으니."

"하지만 분명히 아비뇽에 무언가 있기는 할 거예요. 전 교수가 다가섰던 비밀. 직지의 진실을 찾는 과정에서 스치게 된 어떤 치명적 사실 말이에요."

"그런 게 있을지도 모르지만 지금 분명한 사실은 우리가 해볼 수 있는 게 전혀 없다는 것입니다. 범죄가 여기서 발생했다면 경찰이든 검찰이든 찾아갈 수도 있지만 한국에서 일어났으니."

"아니, 이 사건은 눈앞만 좇아서는 안 돼요. 제 느낌으로는 아비뇽에 분명 무언가 있고, 그 퍼즐의 첫 조각은 어째서 주물사주조법이 바티칸에서 수천 리 떨어진 여기 아비뇽에서 시작되었느냐 하는 거예요."

"그런가요?"

김 교수는 건성으로 고개를 끄덕이고는 1444년이라는 숫자가 뚜렷이 새겨진 기록으로 눈길을 돌려버렸다.

큐레이터와 작별한 두 사람은 기차역으로 가 표를 끊은 뒤 벤치에 자리를 잡고는 각자 생각에 빠져들었다.

다음 날 기연은 이미 여러 번 보았다며 손사래를 치는 김정진 교수를 버려두고 혼자 구텐베르크 박물관을 관람했다.

"아아!"

구텐베르크가 찍은 42행성서를 보는 순간 기연은 충격에 휩싸이고 말았다. 자신이 생각했던 그런 차원이 아니었다. 갑자기 구텐베르크에 관한 가공된 모든 전설을 무너뜨려야 한다는 확신에 균열이 가면서 심포지엄이 시작되기 직전까지 깊은 회의감에서 벗어날 수 없었다.

심포지엄

　마인츠의 심포지엄은 겉으로는 서로를 존중하는 분위기였으나 실상은 미소 뒤에 칼을 숨긴 전쟁과도 같았다. 심포지엄이 시작되자 한국 청주 대 독일 마인츠 간에 미묘한 대결이 벌어지면서 시종 팽팽한 긴장감이 감지되었다.

　"구텐베르크는 유령 같은 존재입니다. 이 세상 어떤 책에도 구텐베르크의 이름이 찍혀 있지 않아요. 그의 투자자라고도 하고 동업자라고도 하는 푸스트의 이름은 선명히 찍혀 있는데요. 그가 1440년에 태어났다는 것조차도 수백 년이 흐른 1890년에 독일 마인츠시가 도시의 고유한 축제를 기획하기 위해 정한 것이었어요. 초상화도 거의 100년 뒤에 그려진 상상화이고, 그에 관한 어떤 유품도 없단 말입니다."

　이 주장의 막바지에 청주 측 발표자는 자신이 준비한 유령

가면을 썼다가 벗으려 했으나 가면이 벗겨지지 않아 유령 얼굴로 계속 앉아 있어서 모두의 웃음을 자아냈다.

"물론 구텐베르크는 유령이 아닙니다. 좀 뭣하지만 혼인빙자간음으로 소송을 당한 재판 기록이 있어요."

"하하하하!"

"낄낄낄!"

이러한 독일 측의 반격에 또 한 사람의 청주 측 발표자가 바로 뒤를 이었다.

"그가 발명했다는 각종 인쇄기구들도 실물은커녕 그림조차 남아 있는 것이 없어요. 지금 구텐베르크 박물관에 전시된 기구들도 구텐베르크 사후에 널리 퍼져 있던 인쇄소들의 그림을 보고 재현한 것들이에요. 무엇보다 중요한 건 구텐베르크가 금속활자를 제작하고 인쇄에 이르는 과정이 없다는 점이죠. 만일 그가 실패를 거듭하며 인쇄기를 발명한 게 사실이라면 이렇게나 과정이 없을 수는 없잖아요."

"알려지지 않았다 해서 사실 자체가 없었다고 볼 수는 없어요."

마인츠 학자의 짧은 변호에 또 다른 청주 학자가 일어나 자신만만한 표정으로 앞 사람의 주장을 보충했다.

"한국의 인쇄술을 보면 목판인쇄, 흙활자, 목활자 등에서 금속활자 제작에 이르기까지 수십, 수백 년이 걸렸어요. 특히 금속활자가 완성되는데도 고려 중기부터 조선 초기에 이르기까지 오랜 시간이 필요했어요. 그리고 시대별, 단계별 유산이 빽빽해요. 그런데 인쇄기술자도 아니었던 구텐베르크가 어느 날 갑자기 하늘에서 뚝 떨어진 것처럼 완벽한 수준의 금속활자를 발명하고 수십만 장에 달하는 성경을 인쇄했다는 게 믿어지십니까? 구텐베르크가 외계인입니까?"

청주 학자들의 집중적인 성토에 이어 마인츠 학자들의 반론이 이어졌다.

"하하, 유령에 외계인까지 등장했군요. 청주 학자 여러분들이 구텐베르크를 못 잡아먹어 난리란 얘기예요. 구텐베르크가 조선이나 고려로부터 영향을 받았다는 건 억지예요. 구텐베르크의 금속활자는 고려나 조선의 금속활자와 제작방법이 완전히 다른, 전혀 접점이 없는 독자적인 발명입니다. 고려와 조선의 금속활자 주조법이 주물사주조 방식인 데 반해 구텐베르크는 단단한 금속 부형(patrix)을 연질의 금속틀에 대고 두드려서 만드는 방식으로 훨씬 정밀하고 깔끔하니까요."

독일 학자 중 직지를 인정하는 사람들도 구텐베르크를 지키는 데는 예외가 아니었다.

"여러분, 인쇄를 왜 프레스라 하는지 아십니까? 구텐베르

크가 농장에 있던 와인 짜는 기계를 보고 힌트를 얻어 금속
활자를 종이나 양피지에 누를 때 썼기 때문입니다. 직지가
가장 오래됐다는 건 인정하지만 구텐베르크의 발명을 폄훼
하지는 마십시오."

세 시간 가까이 진행된 심포지엄이 거의 끝나가고 있었지
만 객관적 입장을 고수하며 지켜본 기연의 눈에는 독일 전문
가들이 공격은 하지 않고 골문 앞에서 다가오는 공들을 차내
기만 하는 축구선수들처럼 보였다.

토론자로 참여하고 있는 김 교수 또한 무슨 심산인지 새로
이 얻은 치명적 정보들을 한 조각도 내놓지 않고 구태의연한
주장으로 일관하고 있었다. 스트라스부르와 아비뇽에서 자
신과 함께 들었던 얘기의 일부만 토해내도 새 지평을 여는
수준 있는 심포지엄이 될 거라는 생각이 들었지만 김정진 교
수는 나서지 않았다.

기연은 김정진 교수에게 채근하는 시선을 보냈으나 그는
휴대폰으로 문자를 보내왔다.

– 여기서 가볍게 털어놓을 필요가 없어요.
– 왜요?
– 체계적으로 주장하는 게 중요해요. 돌아가 논문을 쓸 겁

니다.

　－심포지엄에 온다고 돈을 받았으면 알아낸 내용을 심포
지엄에서 꺼내야죠.

　김정진 교수의 행태가 매우 못마땅하다는 생각이 든 기연
은 심포지엄이 끝나기 직전 손을 들었다. 기연이 기자임을
알고 있는 사회자가 지목하자 기연은 자리에서 일어났다.

　"오늘 양국의 여러 고명한 전문가들께서 토론하시는 걸 보
고 배운 바가 참 많습니다."

　그것은 사실이었다. 양측의 주장을 차분히 들어보면 참으
로 배울 것이 넘쳤고 생각할 점도 많았다.

　"하지만 이 심포지엄이 매우 격렬한 감정에 지배되고 있다
는 생각을 떨칠 수 없습니다. 마치 월드컵 축구처럼 무조건
이겨야 한다는 강박관념이 토론의 근저에 깔려 있다 보니 무
엇을 얘기해도 학문적 진전이 없습니다."

　갑자기 분위기가 숙연해졌다. 양측이 애써 외면하고 있었
던 명백한 사실을 기자가 날카롭게 지적했기 때문이었다.

　"기자의 객관적 시각에서 보았을 때 크게 두 개의 그림이
존재합니다. 서로 보지 않으려 무척 애쓰고 있지만 감정이라
는 막을 벗겨내면 너무나 잘 보이는 것들입니다. 꼭 말씀드

리고 싶어 실례를 무릅쓰고 일어났습니다."

사회자는 기연이 앞으로 나오도록 안내했다.

"감사합니다. 오늘 종일 구텐베르크 박물관을 돌아보며 큰 충격을 받았습니다. 동시에 독일의 학자 여러분들이 참 무의미한 주장을 하고 있다는 확신을 갖게 되었습니다."

독일 학자들 사이에 실망했다는 기색이 감돌았다. 객관적이라 해서 발언을 시켰더니 한국 학자들과 똑같지 않은가, 왜 발언 기회를 주었나 하는 비난의 분위기가 빠르게 확산되었다.

"여러분은 구텐베르크의 활자제조법이 고려나 조선의 그것과는 다르다는 확신을 갖고 계십니다. 즉 42행성서에 찍힌 활자는 직지와 같은 주물사주조법이 아닌 펀칭 방식이라 믿고 계신 것입니다. 하지만 여러분의 확신은 틀렸습니다."

독일 학자들 사이에서 수군거림이 일었다.

"펀칭이란 단단한 재질의 금속막대 끝에 양각으로 글자를 새긴 후 이를 연한 재질의 금속에 대고 두들겨 주조틀을 만들고 거기에 쇳물을 부어 활자를 만드는 방식입니다. 따라서 주물사주조법과는 완전히 다릅니다. 제작방식이 다르다 보니 잉크를 발라 종이나 양피지에 찍었을 때 그 자국도 당연히 다를 수밖에 없습니다. 그러므로 문제는 아주 간단합니다. 과학으로 확인해 보면 되는 겁니다."

기연이 내놓은 과학이라는 단어는 청주, 마인츠 할 것 없이 학자들의 주의를 끌었다.

"그리고 이미 과학으로 본 사람들이 있습니다. 그들은 직지와 구텐베르크의 42행성서에 전자현미경을 갖다 대고 그둘의 관계를 과학적으로 증명했습니다. 프랑스 스트라스부르의 한 교수와 미국 프린스턴의 한 교수가 바로 그들입니다. 저 같은 문외한도 쉽게 접할 수 있는 정보이니 여러분은 더 쉽게 확인할 수 있습니다. 이들의 주장은 일치합니다. 직지심체요절에 나타난 활자의 자국과 구텐베르크 성경에 나타난 활자의 자국이 똑같다는 것입니다."

장내는 극도로 조용해졌다.

"이들은 두 책 모두에 주물사주조의 흔적이 생생하다 발표했습니다. 이것은 과학입니다. 독일 학자들이 애써 외면하고 있지만 사실 그 논쟁은 끝난 것입니다. 믿기 어렵다면 다음 심포지엄에 전자현미경을 준비해 한 번씩 들여다보면 될 일입니다."

청주에서 온 학자들은 기세를 올렸다. 다만 기연이 산통을 깬다 생각하는지 김정진 교수만이 시무룩한 표정으로 기연을 바라보고 있었다.

"그런데 더 큰 문제는 청주 학자들에게 있습니다."

이어진 기연의 발언으로 장내에 갑자기 묘한 기류가 흘렀다. 단순명료한 논리에 기가 꺾인 독일 학자들 못지않게 한국 학자들이 신경을 곤두세운 채 기연의 입술에 시선을 모았다.

"구텐베르크를 허물어뜨리려 해서는 안 됩니다. 행적이 불분명하다, 가공의 인물이다, 함부로 얘기하고 규정하는 건 그에 대한 예의가 아니고 독일에 대한 예의가 아닙니다. 예의가 뭐 중요하냐, 실체적 진실이 중요하지, 라고 생각한다면 더더욱 그를 부정해서는 안 됩니다. 구텐베르크에 대해서는 당시의 마인츠 재판소 판결문 등이 확실히 존재하고, 판결 내용은 42행성서의 제작과 관련한 채권채무 관계에 대한 것입니다. 이런 확실한 증거를 외면한 채 그를 가공의 인물로 몰아간다면 이는 학자의 태도가 아닙니다."

기연을 보는 독일 학자들의 눈매가 크게 부드러워졌다.

"더욱 큰 문제는 우리 학자들의 관심이 직지가 가장 오래됐다는 데만 함몰되어 있다는 것입니다. 인쇄는 범위가 넓습니다. 주물사주조법으로 금속활자를 만들었다는 것은 물론 매우 중요한 사실입니다. 하지만 그것은 인쇄의 기초적인 한 분야일 뿐입니다. 구텐베르크가 했든 그 누가 했든, 1455년에 독일의 마인츠에서는 180부의 성경이 금속활자로 찍혀 나왔습니다. 1,300페이지에 가까워 그 당시까지 조선에서 인쇄한 어떤 책과도 비교할 수 없을 정도로 두꺼운 데다 색깔과 무늬가 다양하고 아름다워 마치 예술품과도 같습니다. 그것이 기계로 찍혀 나왔고 인쇄용 유성잉크도 개발되었습니다. 1500년 무렵에는 유럽의 250개 도시에 1,500곳가량의 인쇄소가 생겼습니다. 하지만 조선에는 단 하나의 인쇄소가 있었고, 그것마저 나라에서 관리했으며, 한 번에 수십 권, 많아야 200권씩 1년에 몇 번 찍는 게 다였습니다. 한마디로 조선의 인쇄가 유치원생이라면 독일의 인쇄는 대학원생인 것입니다. 이것을 인정해야 합니다. 즉 독일은 직지의 씨앗을 인정하고 한국은 독일의 열매를 인정해야 하는 것입니다."

기연이 말을 마치자 잠시 장내에 침묵이 흘렀다. 하지만 누군가 천천히 박수를 치기 시작했고, 하나둘씩 이어지다 종내는 청주, 마인츠 할 것 없이 모든 학자들의 우레 같은 박수 소리로 뒤덮였다.

루드비히 아네트 구텐베르크 박물관장이 달려 나와 자리로 돌아가는 기연에게 손을 내밀었다. 그녀가 굽히는 광경을 보는 김정진 교수의 입가에 웃음이 떠올랐다. 아마도 그가 루드비히 관장을 보며 웃음 짓는 건 난생처음일 터였다.

로렐라이의 사색

"자, 이제 어디를 다니지요? 아헨, 프랑크푸르트? 구텐베르크가 다닌 곳은 다 다녀보나요?"

김 교수는 자신의 잘못을 느낀 건지 아니면 소인배로 보이지 않으려는 의도에선지 뭐든 해줄 수 있고 어디든 동행할수 있다는 듯 선심을 날렸다.

"아니요."

"그럼 어떻게 하죠? 스트라스부르의 피셔 교수를 다시 찾아가서 뭐든 더 들어보나요?"

"아니요. 여기서 헤어지기로 해요. 저는 혼자서 할 일이 좀있어요."

"무슨 일이요? 최소한 동행은 해줄 수 있으니 얘기해요."

"뭘 해야 할지는 좀 더 생각을 해야겠어요. 우선 바람을 좀 쐬고 나서요."

"어디로 가고 싶은데요?"

"로맨틱 라인이요."

"그게 이 부근인가요?"

"네. 여기 마인츠에서부터 쾰른까지 라인강을 따라가는 뱃길이에요. 유학 시절 복잡한 문제가 생기면 라인강변을 따라 드라이브하며 풀었던 기억이 나요. 오늘은 배를 타고 모든 걸 한번 정리해봐야겠어요. 그런데 혼자 가야 해요."

"네? 그러면 내 마음이 너무 안 좋은데요. 방해하지 않을 테니 같이 가요."

"어떻게 해도 방해가 될 수밖에 없어요. 내일모레 같은 비행기로 돌아가야 하니 프랑크푸르트 공항에서 만나요."

"그래도 이건……."

"뭔가 떠오를 듯 아른아른하면서도 떠오르지 않아서 그래요. 제가 하고 싶은 대로 하게 해줘요."

"혹시 내가 심포지엄에서 침묵하고 논문을 쓰려 한 게 이기적이라 생각하는 거예요?"

"이기적일 뿐만 아니라 심포지엄 참석을 이유로 돈을 타냈다면 배임이 될 수도 있어요. 정 마음이 편치 않으시면 부탁 하나 할게요."

"네, 뭐든지요."

"로마대학교에 연락해서 전 교수의 서지학 박사학위 논문이 뭔지 좀 알아봐주세요. 그 외에도 가능하면 혹시 그분이 바티칸의 교황청과 무슨 연결고리가 있는지 찾아봐주세요."

"전 교수의 논문은 왜요?"

"그냥, 해볼 수 있는 건 다 해보자는 거죠. 우리가 이제까지 모은 정보로는 그가 피살된 이유를 알 수 없으니까요."

"교수가 되면 뭐가 달라지는지 아세요?"

"글쎄요."

"자신이 납득할 수 없는 일은 죽어도 안 해요."

"그럼 방금 부탁한 건 취소할게요."

"취소하기보다는 왜 그런지 설명하는 편이 더 이성적일 것 같은데요."

"둘 중 하나잖아요, 전 교수가 피살된 이유는."

"하나는 직지일 테고 또 하나요?"

"김 교수님이 교황청의 편지를 건네기 전까지 전 교수님은 아무 문제없던 분이었어요. 그러니 그 편지가 그분이 살해된 이유예요. 다만 김 교수님은 교황청의 편지를 오로지 직지라는 관점에서만 보고 계시죠."

"그럼 그 편지에 직지 말고 어떤 다른 관점이 있다는 말인가요?"

"직지의 유럽 전파와 관련해서 그 편지가 떠오르긴 했지만, 전 교수보다 더 많이 연구한 사람들이 훨씬 먼저 직지의 유럽 전파를 주장했음에도 아무도 죽지 않았어요. 죽기는커녕 위협조차 느끼지 않았단 말이에요."

"그렇다면?"

"교황청과 전 교수 사이에 다른 문제는 없는지 체크해봐야죠. 왠지 그분과 피셔 교수가 로마대학교에서 서지학으로 박사학위를 받았다는 사실을 그냥 넘기고 싶지 않아요."

"상상력이 지나친 거 아닌가요?"

"상상력만은 아닌 근거 있는 추정이에요. 얼마 전 김 교수님도 전 교수가 교황청의 편지를 해독하려 외국의 누군가와 접촉하다 역린을 건드렸을 가능성이 있다는 데 동의하셨잖아요. 교황청의 편지이니 그 누군가를 교황청 사람으로, 그 역린을 교황청의 어떤 비밀이라 보면 되는 거죠."

"이상하군요. 우리는 왜 이렇게 보는 시각이 다를까요?"

"관심사가 달리 그런 거죠. 저는 살인이라는 범죄에 신경이 곤두서 있고 김 교수님은 직지에만 관심이 있으니까요."

"그럼 전 교수님의 죽음이 직지와는 관련이 없나요?"

"직지와 관련됐을 가능성은 틀림없이 있어요. 하지만 직지만으로 전 교수님 죽음의 이유를 좁혀서는 안 된단 뜻이에요."

"뭔가 알쏭달쏭한데……, 알겠어요. 논문 제목만 알아보면 될까요?"

"네. 프랑크푸르트 공항에서 알려주시면 좋겠어요."

"너무 쉬운 일이라 여전히 마음이 불편한데요."

"부탁할게요."

라인강변에서 크루즈선의 티켓을 구입한 기연은 배에 오르자 선수의 난간을 잡고 크게 심호흡을 했다. 머릿속에 난마처럼 얽힌 생각들을 한 조각도 빠짐없이 내보내야 전 교수 피살사건을 탁 트인 넓은 시각으로 바라볼 수 있다는 판단에서 로맨틱 라인을 찾아 나선 만큼 잠시라도 맑은 공기를 들이마시며 사건으로부터 떠나고 싶었다.

기연은 고개를 이리저리 돌리며 라인강을 따라 전개되는 양안의 풍경을 마음속에 담았다. 아니 정확하게는 마음속에 담긴 기억을 하나둘씩 꺼냈다.

마인츠에서 쾰른까지 이어주는 약 180킬로미터의 중부 라인강 구역을 일컫는 로맨틱 라인은 유럽에서 가장 아름다운 관광지에 속한다. 그림 같은 풍경이 이어지는 이곳에는 로마인들에 의해 시작된 2000년 역사와 더불어 독일의 수많은 전설과 신화가 깃들어 있다.

라인강을 따라 로마인들이 건설했던 성곽들은 중세를 거치는 동안 코블렌츠, 마인츠, 본, 쾰른 등 대도시로 발전했고, 강 연안의 가파른 경사지를 따라 빗살처럼 세로로 곱게 뻗은 포도밭도 그때 조성된 것이었다. 특히 40개가 넘는 중세 유럽의 아름다운 고성들이 보석처럼 점점이 이어져서 기연은 타임머신을 타고 중세시대로 텀벙 뛰어든 것만 같은 기분이 들었다.

"아아!"

기연은 두 팔을 벌리고 수면을 스치며 불어오는 강바람을 가득 안았다. 몸과 마음이 날아갈 것 같은 기분에 아름다운 노래 곡조가 기연의 목소리를 타고 새어 나오기 시작했다.

Ich weiß nicht, was soll es bedeuten,

Daß ich so traurig bin;

Ein Märchen aus alten Zeiten,

Das kommt mir nicht aus dem Sinn.

Die Luft ist kühl und es dunkelt,

Und ruhig fließt der Rhein;

Der Gipfel des Berges funkelt

Im Abendsonnenschein.

Die schönste Jungfrau sitzet dort oben wunderbar,

Ihr goldnes Geschmeide blitzet,

Sie kämmt ihr goldenes Haar.

Sie kämmt es mit goldenem Kamme,

Und singt ein Lied dabei;

Das hat eine wundersame,

Gewaltige Melodei.

Den Schiffer im kleinen Schiffe

Ergreift es mit wildem Weh;

Er schaut nicht die Felsenriffe,

schaut nur hinauf in die Höh'.

Ich glaube, die Wellen verschlingen

Am Ende Schiffer und Kahn;

Und das hat mit ihrem Singen

Die Loreley getan.

나는 까닭을 알 수가 없다네,
내 마음이 이토록 슬퍼지는 게

무엇을 의미하는지.

오래전부터 전해오는 한 편의 동화가

내 마음을 떠나지 않네.

바람은 서늘하고 날은 어두워지는데

라인강은 고요히 흐르네.

저녁 햇살 속에

산봉우리는 찬란히 빛나는구나.

언덕 위에 앉은 사랑스런 처녀 한없이 아름답네.

반짝이는 금빛 장신구,

그녀는 금빗으로 황금빛 머리카락을 빗어 내리며

노래 부르네.

사람을 유혹하는 신비롭고도

강렬한 선율의 노래라네.

그녀의 노래에 작은 배의 사공은

한없는 슬픔에 빠졌네.

사공은 암초를 보지 못하고

오직 언덕 위의 그녀만 올려다보네.

거친 물결은 마침내 사공과 배를 삼켜버렸다네.

이는 노래를 불러

로렐라이가 한 일이었다네.

하인리히 하이네의 슬픔이 고스란히 담긴 노래였지만 기연은 마음이 편해져 로렐라이 선착장에 내릴 때는 발걸음이 한결 가벼웠다. 기연은 사람들과 떨어져 한적한 곳에 자리를 잡고는 시선을 라인강의 푸른 물결에 둔 채 처음 사건현장에 도착했을 때부터 지금에 이르기까지 큰 줄기를 꼽아보았다.

1. 전 교수의 피살
2. 교황청 편지의 해독을 피살동기로 추정
3. 김 교수를 비롯한 직지 연구자들을 용의자로 추정
4. 이안 펨블턴의 조언을 듣고 범인을 외국인으로 수정
5. 엽기적 현장은 상징살인으로 징벌 혹은 경고를 의미
6. 직지의 유럽 전파를 주장한 사람들이 무사하므로 직지 전파 연구를 범행동기에서 배제
7. 교황청 편지를 해독하는 과정에서 접하게 되었을 비밀을 죽음의 이유로 수정

여기까지 정리한 기연의 얼굴에 엷은 미소가 잠시 흘렀다 이내 사라졌다. 경찰이 전혀 감을 못 잡는 사건을 이안 펨블턴의 도움과 피셔 교수의 증언 등을 통해 여기까지 끌고 온 것은 스스로 생각해도 대견한 일이었지만, 사실 지금부터가

진짜 어려운 문제였다.

우선 카레나라는 이름을 찾을 방법이 없고, 설혹 교황청의 편지를 연구하다 접하게 된 비밀이 죽음의 이유라 하더라도 교황청을 상대로 무언가를 캐낸다는 건 지난한 일이 아닐 수 없었다.

"카레나!"

기연은 조그맣게 입을 벌려 미지의 이름을 라인강변에 흘려보내며 자리에서 일어났다. 아무리 로렐라이 언덕이 기연의 사고를 끌어낸 인연을 가진 곳이라 하더라도 사색만으로 사건의 퍼즐을 완성하기에는 정보가 턱없이 부족했다. 그리고 그 미지의 한가운데에 바로 카레나라는 이름이 있는 것이었다.

"브라보! 노래에 취해 쓰러질 뻔했어요."

기연이 흠칫 놀라 뒤돌아보니 김 교수가 박수치는 시늉을 하며 서 있었다.

"아니, 뒤따라오셨어요?"

"네. 프랑크푸르트 공항에서 전해주면 후회할 것 같아서요."

"무슨 말씀이세요?"

"괜찮은 정보를 얻은 것 같은데 한국에 돌아가기 전 뭐라도 해볼 수 있지 않겠나 하는 생각이 들었어요."

"정보라면?"

"전형우 교수님의 박사학위 논문 말이에요."

"아니, 그걸 벌써 찾으셨어요?"

"내가 컴퓨터공학 박사라는 사실을 잊었나요?"

"아무리 그래도."

"시간이니 거리니 하는 게 컴퓨터 앞에서 무슨 의미가 있겠어요? 그런데 놀라지 말아요."

"뭔데요?"

"전 교수님의 논문 제목은 〈바티칸 수장고 공개의 제문제-계량서지학적 관점에서〉였어요."

"아!"

"김 기자 추측이 맞는 것 같아요. 전 교수님은 원체 바티칸을 잘 아는 분이었어요. 계량서지학이 뭔지 확실히는 모르겠으나, 이 논문이 바티칸 수장고를 잘 알아야 쓸 수 있다는 건 금방 감이 오죠."

기연은 사건의 실체가 갑자기 손에 만져지는 느낌에 용기가 솟아났다. 김 교수에게 전 교수의 논문을 알아봐달라고 했던 건 뭐라도 할 수 있는 건 다 해봐야 한다는 기자의 오기에서 내뱉은 것일 뿐 성과를 그리 기대하지는 않았던 터였다. 하지만 전 교수가 그런 제목의 박사 학위 논문을 썼다면 그것은 뭔가 이제까지의 추리와 맞아떨어진다는 느낌이 강하게 들었다.

"김 교수님은 결정적인 것 하나는 해내는 재주가 있으시네요."

"바티칸 지하 수장고에 대해 좀 알아보니 엄청나요. 그 자료들을 일렬로 늘어놓으면 길이가 수천 킬로미터에 달하는데 대부분이 아직 해독되지도 연구되지도 않은 상태이고 열람 자체도 허용되지 않고 있어요."

"혹시 전 교수님이 그 전적들을 정리하는 일 같은 걸 하셨을까요?"

"틀림없어요. 서지학이란 고문서나 고서적 등을 연구하는 학문인데, 거기 계량이 붙으면 엄청나게 많은 자료를 어떻게 분류하고 인용하는 게 좋은가 하는 연구란 느낌이 확오잖아요."

"전 교수님은 교황청 편지의 해독을 의뢰받기 전에 이미 그 분야 전문가였군요."

"맞아요. 내가 교황청 편지를 해독하려 한다니까 라틴어 학자들이 이구동성으로 전 교수님을 추천했었어요. 그때는 단순히 라틴어를 잘하시나 보다 생각했는데 이런 연유가 있었군요."

"로마대학교의 서지학 전공자는 바티칸 수장고를 잘 알 수밖에 없겠어요."

"그럼요. 교황청은 정리된 문건들의 공개나 열람 허용 여부를 자체적으로 결정하지만 주로 공개를 안 하는 데 초점이 맞추어져 있어요. 그래서 무궁무진한 자료들의 대부분이 서고에서 먼지를 풀풀 뒤집어 쓴 채로 잠들어 있다고 해요."

"서지학자들의 보고네요."

"네. 아리스토텔레스, 플라톤의 그리스 기록에서부터 성경과 기독교 관련 문서들은 물론이고 이슬람교, 유대교에 관한 기록물들까지 끝도 없이 쌓여 있다니까요. 김 기자 말대로 전 교수님은 이 방대한 자료 속에서 직지와 연관된 뭔가를 찾았을 거예요."

전 교수의 논문 제목은 김정진 교수의 생각을 순식간에 백팔십도 바꿔놓았다.

"본래 바티칸 수장고에 정통한 분한테 교황청 편지를 맡겼으니 단순한 편지 해독 이상의 열정을 쏟았겠는데요. 게다가 퇴직하셨으니 시간도 많았을 테고요."

"전 교수님을 죽음에 이르게 한 어떤 비밀이 분명히 있는 것 같은데, 우리는 라틴어도 전혀 모르고 교황청에도 통로가 없으니 사실 할 수 있는 일이 없네요."

금방 현실적 한계를 인식한 김 교수가 시무룩하게 말하자 기연이 눈을 반짝이며 외쳤다.

"있어요!"

"네? 뭐가요? 교황청에 연줄이?"

"이 미스터리의 열쇠 말이에요. 이제 확실히 감이 잡히는 것 같아요. 피셔 교수가 그 열쇠예요."

"열쇠라니? 그가 이 모든 수수께끼의 열쇠라는 뜻인가요?"

"신문기사를 쓸 때 경계해야 하는 것이 있어요."

"뭔데요?"

"눈앞에 너무 큰 것이 있으면 오보가 나거든요."

"무슨 의도예요?"

"그래서 대기자는 눈앞에 보이는 모든 걸 같은 크기로 줄여요. 장관과 노숙자를 같은 크기로 본단 말이에요."

"우리 눈앞에 있는 큰 사람이 누구예요?"

"피셔!"

"피셔 교수? 설마 그를 의심하는 거예요? 그런 세계적 대학자를?"

"대학자니 뭐니 하는 선입견을 지우자는 얘기예요."

"그러나 그는 누구보다 앞장서 직지가 유럽에 전파되었다고 주장한 사람이에요. 그것도 누구도 꼼짝 못하는 방법으로."

"너무 큰 학자인 데다 직지의 수호자라 그를 의심하는 게 무슨 죄를 짓는 기분이 드는 건 맞아요. 하지만 그 모든 우호적 생각을 지우고 살인사건이라는 관점에서만 보면 그가 제1 용의자예요."

"믿을 수 없어요. 그런 대학자가 살인에 연루되었다니. 그렇게 생각하는 이유를 설명해봐요. 왜 피셔 교수를 의심하는 거죠?"

어떤 것이든 피셔 교수에 대한 의심은 곧 직지에 대한 의심이라도 되는 듯, 김 교수는 기연의 견해에 즉각 반발하고 나섰다.

"직지를 연구한 사람인 데다 전 교수와 같은 학교, 같은 과에 전공도 비슷해요. 역시 교황청에서 수장고를 정리하는 일을 했을 가능성이 크고요. 무엇보다 그는 전 교수의 이메일 주소를 알려주지 않고 있어요."

"전 교수님 이메일 주소야 쉽게 알 수 있잖아요?"

"통상 쓰는 이메일이 아니에요. 다음도, 네이버도, 구글도 다 해봤어요. 짐작컨대 전 교수는 비밀 교신을 위해 그들만이 쓰는 사이트를 이용했을 거예요."

"하긴 피셔 교수가 전 교수의 이메일 주소를 알려주지 않는다는 건 참 이상한 일이에요. 기연 씨가 분명 전 교수가 살해되었고 그 살인사건을 해결하려 한다는 얘기를 했음에도 말이지요."

"그러니까요."

"그래도 피셔 교수에게 용의점을 두는 건 아무래도 무리수예요."

기연은 직지의 유럽 전파를 주장했다는 이유만으로 무조건 피셔 교수를 싸고도는 김 교수가 답답했지만, 한편으로는 누구라도 그를 의심할 수는 없을 거라는 생각도 들었다. 아니 거꾸로 사람들은 백이면 백, 피셔 교수를 의심하는 자신을 이상하게 생각할 것이었다.

정밀한 추리를 통해 얻어낸 결론이지만 그 창대한 사실을 밝혀내기에는 유럽이란 낯선 공간에서의 제한된 시간이 굴레가 되어 죄어왔다. 기연은 낙담한 목소리로 푸념처럼 내뱉었다.

"그가 용의자라 해도 사실 우리가 할 수 있는 게 아무것도 없어요. 아! 그런데……."

퍼뜩 머릿속에 떠오른 생각에 기연은 손목에 찬 시계로 눈길을 돌렸다. 오후 2시. 아직 시간이 있었다. 기연은 급히 휴대폰을 꺼내 전화번호를 검색했다.

기연이 뭔가 떠올린 걸 짐작한 김 교수는 기대 어린 표정으로 그녀의 손끝에 시선을 모았다. 언제부터인가 김 교수는 기연의 비상한 추리에 푹 빠져들고 있었다.

"블루펭귄. 런던으로 전화를 걸어야겠어요."

"블루펭귄? 그게 뭐죠?"

대답할 새도 없이 기연의 손길은 이미 전화번호를 누르고 있었다. 약간의 실랑이를 포함한 한참의 설명 끝에 전화를 끊는 기연의 표정이 갑갑한 가운데서도 약간의 희망을 띠고 있는 걸 본 김 교수가 조심스럽게 입술을 뗐다.

"어디로 전화한 거죠?"

기연이 대답하려는 순간 전화벨이 울렸다. 기연은 전광석화 같은 동작으로 전화기를 귀에 갖다 댔다.

"감사해요, 전화를 주셨군요."

기쁨에 찬 기연의 목소리가 울린 지 네 시간 뒤, 두 사람은 프랑크푸르트에서 런던으로 가는 비행기에 몸을 싣고 있었다.

의외의 조력자

"미스터 펨블턴!"

런던 히스로 공항의 커피숍에 들어선 기연은 사람들을 살피다 구석 자리에 앉아 신문을 보고 있는 50대 후반의 한 중년 남자에게 다가가 조심스럽게 이름을 불렀다. 침착한 표정에 눈매가 깊은 그 남자는 잔잔한 목소리로 두 사람을 맞았다.

"김 기자."

"네, 이렇게 시간을 내주셔서 감사해요. 사실 기대도 하지 않았었는데. 당장 내일 돌아가야 하는데 아무것도 한 게 없어 다급한 마음에 연락을 드렸어요. 이분은 한국에서 같이 온 서원대학교 김정진 교수예요."

"반갑소."

"출판사에 전화를 걸어 생떼를 썼어요. 실례가 되었다면 죄송합니다."

"그건 아니오. 나도 사건에 흥미가 생겨 궁금하던 참이었소. 일단 차를 한잔하며 숨을 좀 돌리고 이제까지 있었던 일을 내게 설명해주시오."

홍차를 몇 잔이나 마시면서 기연의 말을 다 듣고 난 펨블턴은 한동안 말없이 미세하게 고개를 끄덕이며 뭔가를 생각하는 모습이었다. 한참이 지난 뒤 그의 입에서는 전혀 생각지 못했던 한마디가 튀어나왔다.

"맨 먼저 할 일은 내일 한국으로 돌아가는 비행기를 취소하는 거요."

두 사람은 서로의 얼굴을 마주 보았다. 김 교수는 학기 중이라 돌아가 강의를 해야 했고, 기연도 마찬가지로 써야 할 기사가 많아 임의로 일정을 취소한다는 건 생각지도 못한 일이었다.

"얼마나요?"

"알 수는 없소. 하지만 내일 돌아가는 일정으로는 아무것도 할 수 없다는 걸 김 기자도 알 거요."

하긴 맞는 말이었다.

"그렇긴 하지만……."

마음대로 일정을 늘릴 수도 없는 데다 얼마간 더 있더라도 성과가 있을지 알 수 없어 망설이던 기연의 뇌리에 문득 떠오르는 사실이 있었다. 이 사람 펨블턴이 자신의 전화를 받자 영국으로 날아오라고 한 거나, 대뜸 돌아갈 일정을 취소하라는 건 뭔가 있다는 얘기가 아닌가. 여기에 생각이 미친 기연은 더이상 주저하지 않고 목소리에 힘을 주어 대답했다.

"네, 알겠어요."

김정진 교수는 기연의 얼굴을 쳐다보며 당황한 표정을 지었다. 하지만 펨블턴은 이미 김 교수가 사건 해결에 그다지 중요한 인물이 아닌란 사실을 파악했는지 기연의 얼굴에 초점을 모으고는 나직한 목소리로 얘기를 시작했다.

"전 교수가 피살된 현장은 매우 특이하고 흥미로운 데다이미 자취를 감춘 지 오래된 고전적 수법이 새로이 시현되어 깊이 들여다보았소."

"실제 그런 현장을 마주한 경험이 있으셨던가요?"

"유사한 현장은 여러 번 경험했지만 김 기자가 사진으로 보내온 그런 현장은 본 적이 없소. 현장을 오래 겪다 보면 현장 건너편에 있는 범인이 느껴지는데, 김 기자가 보내온 사진을 통해 느낀 범인의 인상은 한 마디로……."

펨블턴은 잠시 말을 멈추고는 벽에 걸린 그림으로 눈길을 옮겼다. 템스강을 가로지르는 유명한 런던의 타워브리지가 직사각형의 액자 속에서 정연한 질서로부터 나오는 아름다움을 간직하고 있었다.

"저 그림 같은 거였소."

"무슨 뜻이죠?"

"클래식 같은 거란 말이오. 다른 현장들이 아류라면 그 현장은 한 마디로 클래식, 즉 고전적 정통파였소. 그 모든 아류의 원형 말이오."

"그런 감이 범인의 윤곽을 잡거나 범인을 특정하는 데 도움이 될까요?"

"물론이오. 그림이나 음악의 기교에 역사가 있듯이 살인이나 고문에도 역사가 있소. 살인현장이 클래식의 원형을 그대로 따르고 있기 때문에 얻을 수 있는 게 많았소."

"아, 정말요?"

"그 현장의 이야기들은 김 기자가 스트라스부르와 아비뇽에서 얻은 정보들과 조화롭게 어울리고 있소. 하나의 정연한 논리로 이어진단 말이오."

"범인이 누군지 알 수 있다는 말씀인가요?"

"범인을 특정할 수 있다는 얘기는 아니오. 사실 구태여 범인을 잡을 필요가 없는 사건이오."

기연은 헷갈리지 않을 수 없었다. 살인사건에서 가장 중요한 게 범인을 특정해 체포하는 게 아닌가. 그런데 그걸 할 필요가 없다니. 기연은 펨블턴이 던진 말의 의미를 곰곰 되새겨보았다.

"갱단의 두목이 수백 명의 부하 중 하나를 시켜 사람을 죽였을 때 그 실행자를 잡는 건 그리 큰 의미가 없다는 뜻으로 받아들이면 되나요?"

"그쯤 될 거요."

"그럼 그 두목은 특정할 수 있나요?"

펨블턴은 고개를 가로저었다.

"그러면 왜 한국에 가지 말고 여기 더 머무르라는 거죠? 범인을 잡는 건 의미가 없고, 범행을 지시한 자도 특정할 수 없다면?"

"사건에 따라서는 범인을 잡는 것보다 왜 그런 범행이 일어났는가를 규명하는 게 더 중요한 경우도 있소. 내가 보기에 이 사건이 바로 그런 사건이오."

"범인을 잡는 게 무의미하다는 건 굳이 이해하자면 이해할 수도 있는데, 범행을 지시한 자를 잡지 않는다는 건 너무도 이상하군요."

"살인범을 잡아 처벌하는 문제는 일단 사건을 제대로 파헤친 다음 다시 생각하기로 합시다."

233

기연은 펨블턴의 자신만만한 모습에 적이 놀랐다. 이제껏 사건을 좇은 건 자신이었고, 그는 사건현장을 사진으로 접한 것 외에 이제 막 5분도 안 되는 짧은 시간 동안 자신이 유럽에 와서 했던 일을 귀에 담은 데 불과하지 않은가. 그럼에도 불구하고 한국으로 돌아가는 비행기를 타지 말라든지 범인을 잡을 필요가 없다든지 하는 지나친 자신감을 내보이는 걸 어떻게 받아들여야 하나.

"그런데 사건의 내막을 알아낼 수는 있을까요?"

"유력한 단서가 있소."

"어떤 게 유력한 단서인가요?"

"귀."

"네? 귀라면 현장에서 잘린 그 귀를 말하는 건가요?"

"그렇소. 일반적으로 귀를 자르는 건 신의 말씀을 듣지 않고 악마의 유혹에 귀를 내맡긴 자들에 대한 처벌로 종교단체에서 유래한 전통으로 알려져왔소."

"네. 제게 보낸 메일에서도 그렇게 설명하셨어요."

"일단 그렇게 대답을 보내긴 했지만 문헌으로 전해오는 일반적인 지식이었던지라 그 후 나는 심층조사를 시작했소."

"귀를 자르는 행위에 대해서요?"

"그렇소. 인류의 역사 속에서, 아니 종교의 역사 속에서 언제부터 귀를 자르기 시작했는지, 그 정확한 의미는 무엇인지 알아야겠다는 생각이 들었소. 그런데 조사를 하다 보니 살인 현장에서 발견된 귀를 가지고 알아낼 수 있는 특별한 사실이 있다는 걸 알게 되었소."

기연은 전 교수의 살해현장에서 떨어져 나간 귀를 발견하던 기억을 떠올리며 펨블턴의 얘기에 귀를 모았다.

"본래 귀를 자르는 행위는 1542년 교황 파울루스 3세가 로마에 종교재판소를 만든 이후에 시작되었소. 말이 재판이지 사실은 무자비한 고문과 극형이 수시로 자행되었던 그 종교재판소에서는 프로테스탄트들에게 신의 목소리 대신 사탄의 목소리에 귀를 기울였다는 이유를 붙여 귀를 자르는 형벌을 가했소."

"로마의 종교재판소요?"

"그렇소. 원래 귀를 자르는 형벌은 오로지 로마의 종교재판소에서만 행해졌소. 그런데 17세기 후반에 이르러 교황 클레멘스 9세가 신의 목소리는 귀로 듣는 게 아니라 마음으로부터 듣는 거라는 교시를 내린 이후 이 형벌은 종교재판소에서 자취를 감추었소."

"그런데 그게 한국에서 재현된 건가요?"

"후후, 없어진 게 아니라 죄목이 바뀐 거요. 신의 목소리를 듣지 못한 죄가 인간의 목소리를 듣지 못한 죄로 바뀌어 종교재판소가 아닌 세속에 나타나게 되었소."

"그 인간이란 성직자를 말하나요?"

"그렇소, 교황이오. 언제부턴가 귀를 자르는 행위는 교황을 거역하는 자에게 가해지는 형벌이라는 믿음이 비의의 교단을 중심으로 형성되었소."

"그럼 교황의 지시에 따라⋯⋯."

"그건 아니오. 어떤 교황이 귀를 자르라 명하겠소? 교황은 어떠한 말도 하지 않지만 세상에는 교황을 지키고 교황청의 비밀을 지키는 보이지 않는 사람들이 있소."

"비밀의 기사단 같은 건가요?"

"그렇소. 십자군 전쟁을 수행하면서 생겨난 기사단들 중 지금까지도 비밀리에 조직을 유지해오는 가문들이 있는 걸로 알려져 있소."

"모조 송곳니를 끼고 피를 빨아낸 행위에도 지난번 설명하신 것 이상의 의미가 있을까요?"

"그건 전통에서 비롯된 의식 정도로 이해하면 되겠소."

기연은 전 교수의 피살현장에 떨어져 있던 귀 조각이 교황청과 연관된 단서라는 펨블턴의 말을 쉽사리 받아들일 수 없었지만, 전 교수가 로마대학교에서 박사학위를 받았고 그 와

중에 교황청의 비밀수장고를 정리하는 작업을 했을 가능성이 큰지라 마냥 부정할 수도 없었다.

"피살된 전 교수는 로마대학교 출신으로 교황청의 비밀수장고에서 일했을 가능성이 있어요. 그리고 피셔 교수 역시 로마대학교 출신이에요. 두 사람 다 서지학을 전공했고요. 만약 전 교수가 교황이나 교황청의 어떤 비밀과 관련되어 죽임을 당했다면, 피셔 교수가 이 사건과 관련이 있다 판단하는 게 맞을까요?"

"그건 속단할 수 없지만 그가 전 교수의 이메일 주소를 알려주지 않는다는 건 그와 전 교수 사이에 어떤 비밀이 있다는 얘기요. 아마 그들은 교황청에 얽힌 직지의 비밀을 공유했을 거요. 이 사건에는 전 교수의 기막힌 발견과 피셔 교수의 배신이라는 두 가지 전제가 깔려 있소."

"교황청에 얽힌 직지의 비밀이라고요?"

"김 기자가 유럽에 와서 밝혀낸 사실들은 모두 한 지점을 가리키고 있소. 우선 피셔 교수. 그는 로마대학교 출신으로 바티칸과 깊은 관련이 있는 데다 직지를 연구했소. 전 교수 역시 로마대학교 출신으로 교황의 편지와 직지의 진실을 밝히려던 사람이오. 다음으로 아비뇽의 세냥크 수도원. 가톨릭 수도원인 만큼 당연히 교황청과 관련이 있고 전 교수가 방문하려던 곳이오."

"그러나 전 교수는 세냉크 수도원을 특정하지는 않았어요. 아비뇽을 방문하려 하긴 했지만."

"세냉크 수도원에는 동방에서 와 살해당한 승려 이야기가 있소. 이게 연관되지 않았을 리 없는 것 아니오. 모두 한 점을 놓고 빙빙 돌고 있는 거요. 마치 장난감 기차처럼 말이오."

"카레나라는 사람은요? 전 교수는 아비뇽에서 카레나라는 사람을 만나려 했는데 그 사람은 전혀 찾아지지 않아요."

"그 사람이 이 사건 전체의 핵심이오. 내가 비행기를 취소하라 했던 건 바로 그 사람을 찾는 데 시간이 걸릴 것이기 때문이오. 다른 건 모두 간단하잖소."

"사실 저는 어떻게 하면 피셔 교수로부터 전 교수의 이메일 주소를 받아낼 수 있을지 의논하고 싶었어요."

"그는 절대 내놓지 않을 거요."

"왜죠? 저명한 학자인 데다 직지의 진실을 가감 없이 밝혀 낸 분이 살인사건을 해결할 수 있는 가장 유력한 정보를 주지 않는다는 게 이해가 가지 않아요."

"그는 아마도 가톨릭 신자일 거요."

김정진 교수가 끼어들었다.

"맞아요. 그의 연구실에서 십자가와 마리아상을 보았어요."

"내가 이 사건에 피셔 교수의 배신이 있다고 한 게 바로 그걸 말하는 거요. 이 사건의 그림을 처음부터 그려보면 전 교수는 교황의 편지를 입수한 뒤 바티칸의 누군가에게 연락을 했을 거요. 로마대학교에서 서지학을 전공했으니 바티칸에 아는 사람이 있었을 테고, 그와 직지에 대해 얘기하다 피셔 교수를 소개받았을 거요. 물론 인터넷 등을 통해 피셔 교수에게 직접 메일을 보냈을 수도 있소."

펨블턴은 마치 두 눈으로 직접 보기라도 한 듯 자신 있는 목소리로 상황을 유추해나갔다.

"피셔 교수는 직지 연구의 성과를 알려주었을 테지만 어느 순간 전 교수가 절대 알아선 안 될 비밀에 다가선 걸 발견하고는 크게 놀랐을 거요. 그래서 혼비백산해 누군가에게 그 사실을 얘기했고, 그 누군가가 한국에 암살자를 보냈을 거요. 여기까지가 큰 줄기에서 본 전 교수 사건이오."

"그 누군가는 교황청과 관계 있는 사람일까요?"

펨블턴은 천천히 고개를 끄덕였다.

"그렇지 않겠소? 김 기자가 알아낸 모든 사실이 교황청을 가리키고 있으니. 교황청에 있거나 교황청 밖에서 교황청을 보호하는 그 누군가일 거요."

"그런데 도대체 전 교수의 죽음을 불러온 그 비밀이란 뭘

까요? 아까 직지와 교황청 사이에 얽힌 비밀이라 하셨는데
과연 그런 게 있을까요?"

"분명히 있소. 그게 없다면 모든 이성적 추론이 다 깨질 수
밖에 없으니."

"그게 무언지를 우리가 알아낼 수는 없는 걸까요?"

"없소. 전 교수 본인도 무언지 몰랐을 테니까."

"전 교수가 몰랐다고요? 그런데 어떻게 살해당할 수 있는
거죠?"

"본인이 위험하다 생각했으면 그렇게 당하지 않았을 거요."

"그렇겠죠. 그분은 그 치명적 비밀이 무언지도 모르고 죽
은 게 틀림없어요. 본인도 몰랐으니 우리가 알아낼 수는 더
더욱 없겠어요."

펨블턴은 잠시 눈길을 바깥의 어둠으로 돌린 채 무언가를
곰곰 생각하다 무게가 실린 목소리를 밀어냈다.

"꼭 그렇지만은 않소. 어쩌면 그는 세상에 그 비밀을 드러
냈을 수도 있소. 자신도 모르는 사이에."

"그럴까요? 어째서 그렇게 생각하시죠?"

"그 카레나라는 사람 말이오."

"네, 아비뇽의 카레나."

"그 여자가 사건의 열쇠를 쥐고 있소."

"네. 그건 알고 있어요. 전 교수가 유럽에 가려 했던 건 스트라스부르의 피셔 교수와 아비뇽의 그 여자 때문이었으니까요. 하지만 그 사람은 도대체 흔적이 없어요. 아비뇽을 다 뒤지다시피 했는데도."

"방법이 있소."

"네? 카레나를 찾을 방법이 있다는 말씀이세요?"

"그렇소. 카레나가 어디에 있는 누구인지 아는 사람이 김 기자 주변에 한 사람 있잖소."

"네? 누구요?"

놀라 반문하던 기연은 이내 쓴웃음과 함께 한 사람의 이름을 작은 목소리에 담아냈다.

"피셔 교수."

"그렇소, 그로부터 알아낼 수 있을 거요."

"하지만 그가 알려줄까요? 지난번에 물었을 때 모르는 사람이라 하던데요."

"그 말을 믿소?"

"그때는 믿었어요. 지금은 그가 모를 리 없다는 생각이 들지만."

"그가 김 기자의 휴대폰 번호를 물었다고 했잖소."

"네. 통화 가능한 폰이 있느냐 묻기에 제가 알려줬어요."

"물론 아무 연락도 오지 않았을 테지요."

"네."

"번연히 알고 있는 전 교수의 메일 주소도 알려주지 않는 사람이 뭘 가르쳐주겠다고 전화번호를 물었겠소?"

"그러네요."

"그는 김 기자를 경계하고 있는 거요. 당연히 그러지 않겠소? 전 교수의 죽음을 좇아 한국에서 기자가 왔으니 신경이 안 쓰이겠는가 말이오."

"네."

"그러니 이미 세상에 알려진 사실들은 아주 친절하고 자상하게 얘기해줬을 거요. 또한 옆에 앉은 이 젊은 교수는 직지의 유럽 전파를 증명해낸 그의 위업을 들으며 푹 빠졌을 테고."

기연은 속으로 탄복하고 있었다. 이 사람 펨블턴은 그야말로 모든 걸 알고 있다는 느낌에 탄성이 절로 새어 나오는 걸 눌러야 했다.

"그가 휴대폰 번호를 물어본 건 경계와 감시, 두 가지 목적이 있소. 한 마디로 예민해졌다는 얘긴데 그걸 이용할 수 있을 거요."

"어떻게 해야 하죠?"

카레나

기연과 김정진 교수는 다음 날 아침 가장 이른 스트라스부르행 비행기에 몸을 실었다. 비행기가 활주로에 내리자 두 사람은 작은 카페에 들어가 아침 식사를 마치고 피셔 교수에게 전화를 걸었다. 펨블턴의 예상대로 피셔 교수는 이른 아침에 걸려온 예의 없는 전화임에도 기연을 반갑게 맞았고, 어조 또한 지난번과는 달리 공손했다.

"피셔 교수님, 아비뇽에 다녀왔는데 카레나가 누군지 알아냈어요. 교황청의 놀라운 비밀에 저 또한 크게 놀랐고요. 전교수가 왜 죽어야 했는지 짐작하겠어요. 다만 이 사건과 직지의 상관관계에 대해서는 교수님의 설명을 좀 더 들어야 할 것 같은데 시간을 내주실 수 있을까요?"

"물론입니다. 대단한 성과를 얻었군요. 그런데 아비뇽에는 그때 오셨던 교수님과 같이 가셨나요?"

기연은 다시 한번 속으로 크게 놀랐다. 펨블턴은 피셔 교수가 혼자 갔는지 물어올 거라고 했는데, 과연 피셔 교수의 반응은 펨블턴의 예상에서 벗어나지 않았다.

"아니, 혼자 갔어요. 그분은 마인츠의 심포지엄에 참석해야 했으니까요."

"혼자서요?"

기연은 피셔 교수의 목소리가 미세하지만 경쾌한 톤으로 바뀌는 걸 느끼며 천연덕스럽게 말했다.

"그분들은 오늘 다 돌아가요. 저는 아비뇽에 갔던 일이 성과가 있어서 좀 더 머물러야 하지만요."

"그런데 오늘은 외부 출장이 있어 약속시간을 어떻게 잡아야 할지 모르겠어요. 일정을 잡아 한 시간 후쯤 전화를 드려도 될까요?"

"네, 감사해요."

기연의 대화를 곁에서 듣고 있던 김정진 교수가 잔뜩 걱정스런 표정을 지었다.

"정말 괜찮을까요?"

"현재까지 펨블턴 씨가 말한 그대로 되고 있잖아요."

"그가 베테랑인 건 인정하지만 티끌만큼이라도 계획에서

어긋나면 어떻게 되는 거죠?"

"나의 이성은 그분을 믿는 게 맞다고 얘기하고 있어요."

"하지만……."

기연은 바지 주머니에 손을 넣어 두 손가락에 만져지는 작고 네모난 물건을 쓰다듬듯 어루만졌다.

피셔 교수로부터 오랑주리 공원 코너에서 만나자는 연락을 받은 기연은 자신 있는 표정으로 김 교수와 헤어졌지만, 막상 혼자 피셔 교수가 알려준 지점에 도착하자 갑자기 치솟는 불안감에 혹시라도 김 교수가 따라오지는 않았는지 왔던 길을 되돌아보았다.

"치이."

한참이나 김 교수의 기척을 찾아보던 기연은 쓴웃음을 지으며 마음 한가운데 남아 있던 그의 다짐을 흘려보냈다.

"현장에서부터 감시할 겁니다. 무엇보다도 자동차 번호판을 보는 게 중요해요."

말과 달리 코빼기도 보이지 않는 그의 모습을 지우고 있던 기연의 앞에 검정색 승용차 한 대가 서더니 기연을 향해 손짓을 해보였다.

"피셔 교수님!"

기연이 옆 좌석에 앉자 자동차는 곧바로 출발했다. 정차에서 출발까지 채 5초도 걸리지 않아 기연의 불안은 더해질 수밖에 없었다.

"시간 내주셔 감사해요."

"천만에요."

"어디로 가시는 거죠?"

"닥터 슈미트를 소개하려 합니다."

"뭐 하시는 분이죠?"

"교회사에 정통한 분입니다."

"가톨릭이요?"

"네."

"그런데 왜 그분을 만나야 하죠? 저는 피셔 교수님께 몇 가지 묻고 싶은데요."

"사실 직지에는 세간에 알려지지 않은 비밀이 있습니다. 아비뇽에 가서 어느 정도 확인하셨겠지만."

"구텐베르크가 금속활자를 만들기 전 직지가 유럽에 건너왔다는 사실 이상의 비밀이 있다는 말씀이세요?"

"물론입니다. 직지는 교황청의 내밀한 비밀과 얽혀 있는데 그 관계를 알아야 비로소 직지를 바로 아는 겁니다. 그런데 교황청의 문서는 깊이 묻혀 있어 아무에게도 공개되지 않아요. 물론 내가 직지가 유럽에 건너온 건 밝혀냈지만 그것만으로는 유럽에 건너온 직지의 진정한 비밀을 알았다 할 수 없어요. 그래서 닥터 슈미트에게 가는 겁니다. 그분이 교황청 깊숙이 파묻혀 있는 비밀을 말해줄 거예요."

기연은 피셔 교수의 진지한 표정에 헷갈리지 않을 수 없었다. 스트라스부르대학교 교수이자 직지 연구로 큰 명성을 누리고 있는 그가 자신을 위험한 지경에 빠뜨린다는 게 상상이 가지 않았지만, 범접하기 어려운 추리력을 가진 펨블턴의 예상이 한 치의 어긋남도 없이 맞아 들어가고 있다는 사실 또한 무시할 수 없었다.

기연은 어젯밤 런던에서 펨블턴이 했던 얘기를 떠올렸다.

"그는 아비뇽에 누구와 갔는지 물을 거요. 안전이 염려된다면 세 사람이 갔다 대답하고, 사건에 더 가까이 다가가고 싶다면 혼자 갔다고 하시오."

기연은 망설임 없이 후자를 택했으나 혼자 피셔 교수의 차를 타는 순간부터 극심한 갈등에 시달리기 시작했던 것이다. 피셔 교수의 신분과 명성 등을 떠올리며 마음을 편히 가지려 했지만 자동차가 시내에서 멀어짐에 따라 이제껏 떠올렸던 이런저런 이유들이 다 허황하다는 생각이 들었다. 피셔 교수의 의도가 무언지 확실히 짐작할 수는 없지만, 만약 이것이 납치라면 보통 한국 남자의 두 배는 되어 보이는 몸집을 가진 피셔 교수의 완력을 이겨낸다는 건 불가능한 일일 수밖에 없었다.

"아비뇽에서는 세낭크 수도원에 갔었겠군요."

"네. 수사님으로부터 두 승려에 관한 얘기를 들었던 게 큰 도움이 됐어요. 카레나 씨가 해줬던 얘기들은 말할 것도 없고요."

"카레나 씨가 해줬던 얘기?"

"네. 그분을 만난 건 정말 행운이었어요."

피셔 교수는 돌연 신경질적인 동작으로 손을 뻗어 차 안에 은은하게 흐르던 피아노곡을 꺼버렸다.

"누가 얘기해줬다고요?"

"카레나 씨, 아비뇽의 카레나 씨 말이에요."

끼익 −

피셔 교수는 기연의 말에 급브레이크를 밟았다. 그러고는 무서운 눈길로 기연을 바라보았는데, 일그러질 대로 일그러진 그의 눈 속에서 평소 보기 좋던 파랑색 눈동자는 사라지고 흰자위만 잔뜩 커져 있었다.

"아침에 전화로 카레나를 알게 되었다는 건 그녀를 만났다는 얘기인가요?"

기연은 어딘지 이상하다는 기분이 들었지만 이제 와서 말을 바꿀 수 없었고 어떻게 바꿔야 할지도 난감했다. 뭔가 잘못되기는 했지만 정확히 무엇이 잘못되었는지 알 수 없었던 것이다.

"네."

"카레나 씨가 무슨 얘기를 한 거죠, 정확히?"

"교황청이 숨기고 있는 몇 가지 사실을 얘기했어요."

"개 같은 년!"

"아!"

갑자기 피셔 교수의 입에서 터져 나온 욕설에 크게 놀란 기연은 자신도 모르게 신음을 내뱉었다. 피셔 교수의 이 욕설이 카레나를 향한 것인지, 아니면 자신을 향한 것인지 알아차릴 수 없어 기연은 어떻게 반응해야 할지 갈피를 잡지 못했다.

"하하하하! 크하하하!"

피셔 교수는 마치 실성한 사람처럼 고개를 젖히고 웃다가 다시 차를 출발시켰다.

"왜 그러시죠?"

피셔 교수는 잔뜩 분노한 표정으로 한참이나 말없이 달리다 유턴 지점에서 차를 확 돌려서는 오던 길을 되돌아갔다.

"슈미트 박사 만나러 안 가세요?"

기연의 물음에 아무런 대답도 없던 그는 한참이나 지나고 난 뒤에야 마음이 진정되었는지 가라앉은 음성으로 대답했다.

"카레나 말이에요, 아무것도 모르는 여자가 가끔 그렇게 교황청의 비밀이니 뭐니 하는 터무니없는 소리를 하고 다녀서 무척 난감해요. 김 기자에게 한 말도 사실 다 헛소리예요."

"네."

기연은 건성으로 대답했으나 피셔 교수의 말은 전혀 믿음이 안 가는 것이었다. 조금 전 욕설을 퍼부은 대상이 어쩌면 카레나가 아니라 자신일지 모른다는 생각이 차츰 짙어졌고, 피셔 교수가 스트라스부르 시내에 진입해 차를 세우고 짤막한 한 마디를 내뱉었을 때는 그 욕설이 자신을 향한 것임을 확신하게 되었다.

"내려요."

처음 출발했던 오랑주리 공원의 그 지점에 차를 댄 피셔 교수는 비록 분노로부터 헤어나기 했으나 쌀쌀맞은 말투로 기연을 내리게 한 뒤 아무런 인사도 없이 급출발해 가버렸다.

"피셔 교수님!"

놀란 기연의 외침이 채 흩어지기 전, 한 대의 차가 기연의 앞에 멈춤과 동시에 세 사람이 빠른 동작으로 차에서 내렸다.

"펨블턴 씨!"

"무사해서 다행이지만 아쉽기도 하오. 여기는 파리 경시청의 고문이자 내 친구, 그리고 이 분은 수사관이오."

기연은 두 사람과 가볍게 눈을 맞추고 나서 주머니 속의 네모난 물건을 꺼내 펨블턴에게 건넸다.

"차 안의 대화를 다 들었소. 이 위치추적기가 실시간 중계까지 해주니까."

"저는 어안이 벙벙한데요. 아직도 상황을 이해할 수가 없어요."

"일단 김 교수가 있는 카페로 갑시다."

김 교수는 기연이 펨블턴과 같이 들어서자 긴장한 표정을 풀고 반색했다.

"걱정했어요."

"그런 분이 사진 찍으러 나타나지도 않으셨어요?"

"무슨 소리예요. 사진을 열 장도 넘게 찍었는데."

김 교수가 보여주는 휴대폰에서 피셔 교수의 자동차 사진을 확인한 기연이 의아한 표정을 짓자 김 교수는 싱긋이 웃었다.

"그 부근의 나무에 올라가 있었어요. 잎이 무성해 거기 숨는 게 낫겠다 싶었죠. 그런데 왜 이렇게 일찍 돌아왔어요?"

테이블에 앉아 차를 마시고 나자 펨블턴은 두 수사관을 보냈다.

"경시청 강력반의 베테랑들이오. 저 친구들 실망이 컸겠지만 위험 확률이 제로가 되었으니 기뻐해야 맞을 거요."

"펨블턴 씨를 믿기는 했지만 정말 단단히 준비하셨군요."

"피셔는 운이 좋은 놈이오."

"그런데 어떻게 된 걸까요? 그가 닥터 슈미트라는 사람에게 가자고 한 건 어떻게 받아들여야 하는 거죠?"

"그놈이 업자요."

"업자라면?"

"살인자라는 뜻이오."

"닥터 슈미트가요?"

"그렇게 보는 게 맞을 거요."

"그럼 피셔 교수가 저를 살인자에게 데려가려고 했던 건가요?"

"내 해석은 그렇소."

"그런 신분과 그런 명성을 가진 분이 저를 살인자에게 데려가려고 했다는 사실은 도저히 받아들이기 어렵네요. 하지만 전 교수의 죽음이 피셔 교수와 연관되었음이 분명하니 받아들이지 않을 수도 없겠어요. 그런데 피셔 교수는 왜 마음이 바뀌어 차를 돌렸을까요?"

"그건 나보다 김 기자가 더 잘 알지 않소."

"카레나 때문일까요?"

"이 녹음을 잘 들어봅시다."

−아비뇽에서는 세낭크 수도원에 갔었겠군요.

−네. 수사님으로부터 두 승려에 관한 얘기를 들었던 게 큰 도움이 됐어요. 카레나 씨가 해줬던 얘기들은 말할 것도 없고요.

−카레나 씨가 해줬던 얘기?

−네. 그분을 만난 건 정말 행운이었어요.

−누가 얘기해줬다고요?

−카레나 씨, 아비뇽의 카레나 씨 말이에요.

−끼익−

−아침에 전화로 카레나를 알게 되었다는 건 그녀를 만났다는 얘기인가요?

−네.

−카레나 씨가 무슨 얘기를 한 거죠, 정확히?

−교황청이 숨기고 있는 몇 가지 사실을 얘기했어요.

−개 같은 년!

―아!

―하하하하! 크하하하!

―왜 그러시죠? 슈미트 박사 만나러 안 가세요?

―카레나 말이에요. 아무것도 모르는 여자가 가끔 그렇게 교황청의 비밀이니 뭐니 하는 터무니없는 소리를 하고 다녀서 무척 난감해요. 김 기자에게 한 말도 사실 다 헛소리예요.

―네.

―내려요.

―피셔 교수님!

몇 번이나 녹음을 반복해 듣고 있던 김 교수가 먼저 말문을 열었다.

"과연 그러네요. 카레나라는 이름이 나오고 나서부터 갑자기 모든 게 천지 차이로 바뀌네요."

"그런데 좀 더 세밀하게 들어보면……."

펨블턴은 다시 몇 번이나 반복해서 듣고 나서 물었다.

"카레나 씨가 해줬던 얘기들은 말할 것도 없고요, 라는 대목에서 확 달라지는 걸 느낄 수 있소?"

"네. 그 말에 소스라치게 놀라는군요."

"왜 그러겠소?"

"카레나가 어떤 비밀을 얘기했다는 데서 큰 배신감을 느낀 걸로 보이는데요."

펨블턴은 김 교수를 향해 고개를 가로젓고는 버튼을 눌러 녹음을 처음으로 되돌렸다.

"미세하지만 차이가 있소. 좀 더 들어보시오."

진지한 표정으로 귀를 기울이고 있던 기연이 놀랍다는 듯 펨블턴과 눈을 마주쳤다.

"이 사람은 뒤에 이어지는 말에 놀라는 게 아니군요. 얘기의 내용에 놀라는 게 아니에요."

"그렇소. 비밀의 내용과는 아무 상관없이 놀라고 있소. 바로 카레나가 말했다는 사실 그 자체에 말이오. 김 교수도 그 차이를 알겠소?"

"알겠습니다."

"이 대목에 이 사람은 크게 놀라고, 이후로는 김 기자를 대하는 태도가 확 달라지고 있소."

"그 욕설은 분명 저를 향한 거죠?"

"그렇소. 피셔는 카레나가 말한 내용이 아니라 카레나가 말을 했다는 사실 자체에 놀라고 분노했소. 이게 뭘 말하는지 알겠소?"

기연이 조심스럽게 대답했다.

"혹시 카레나는 말을 할 수 없는 사람이란 뜻일까요?"

펨블턴은 크게 고개를 끄덕였다.

"바로 그렇소. 말을 할 수 없는 사람일 뿐만 아니라 아비뇽에서 만날 수도 없는 사람이오. 그래서 그는 김 기자가 거짓말을 한다는 걸 알아차린 거요. 그게 김 기자의 위험을 감소시키긴 했지만."

"제가 거짓말하는 걸 알아차리자 저를 살인자에게 데려갈 필요가 없어졌군요."

"그렇소. 아무것도 아는 게 없으니 죽일 필요가 없어진 거요."

"그럼 그는 왜 처음엔 아비뇽에서 카레나를 알게 되었다는 제 말에 끌려들었을까요?"

"카레나를 알게 되었다와 카레나가 말했다는 차이가 있잖소."

"그렇군요."

"카레나는 매우 민감한 존재이지만 말을 하거나 만날 수 없는 존재요. 그러면 어떤 존재란 얘기요?"

"죽은 사람이군요."

"과거에 죽었으되 직지와 교황청 양쪽에 걸쳐 있는 사람이오."

"어떻게 찾죠?"

"이제 피셔라는 카드는 놓쳤소. 그로 하여금 범죄를 저지르게 한 뒤 체포해서 강제수사를 하려 했는데 카레나가 죽은 사람일 줄 누가 알았겠소. 피셔 교수에게는 생각도 못한 이중성이 있소. 서로 다른 두 사람이 포개져 있다는 느낌이 든단 말이오."

"그가 전 교수를 살해했다 하더라도 그 이유가 꼭 직지만은 아닐 것 같은데요."

"그럴 거요. 피셔가 직지와 연관된 인물이라 하더라도 직지는 살인을 필요로 하는 치명적 비밀이 아니니까. 그렇다면 이제 길은 하나요."

펨블턴은 사건을 구성하는 갖가지 요소들을 어느 위치에 두어야 하는지 정확히 알고 있는 사람이었다.

"직지의 비밀이 아니라 교황청의 비밀이 전 교수의 피살 원인이라는 말씀이군요."

"그렇소. 카레나와 연결된 교황청의 비밀, 그걸 밝히는 게 전 교수 살해사건을 해결하는 길이오. 전 교수가 카레나를 찾아낸 경로를 그대로 밟아가야 할 거요."

말을 마친 펨블턴이 자리에서 일어나며 손을 내밀자 기연은 얼른 따라 일어났다.

"두 사람은 예정대로 한국으로 돌아가시오. 나도 여기서 작별해야겠소. 내가 할 수 있는 일은 여기까지이니."

"펨블턴 씨……."

"이제부터는 김 기자가 훨씬 더 잘할 거요. 같은 한국인인 전 교수가 한국에서 갔던 길을 밟는 것이니. 그는 프랑스 경찰도 독일 경찰도 필요로 하지 않았소. 자신의 집 컴퓨터로 카레나라는 수수께끼의 인물과 교황청 간의 비밀을 밝혀냈소."

"자신은 없지만 최선을 다해보겠어요. 영국에서 여기까지 와주셔서 정말 감사해요. 약소하지만 제가 여비라도 좀 보태드리고 싶어요."

펨블턴은 손을 내저었다.

"보람이 있었소. 그 기괴한 범죄현장이 교황청과 연관된 범죄라는 걸 확인한 것만으로도."

"혹시 제가 이 비밀을 밝혀내게 되면 알려드릴게요."

"고맙소."

기연은 진심을 다해 펨블턴에게 고개 숙여 감사를 표했고, 김 교수 또한 깊은 감사의 눈빛을 보냈다.

전설과 진실

몰입.

그것은 인간의 한계를 극복하는 또 하나의 방법이다. 주위의 방해물과 잡념을 차단하고 정신을 집중한 채 한 가지만을 생각하고 또 생각하는 이 몰입은 때때로 불가능을 극복하게 한다. 누군가는 몰입을 물 흐르는 것처럼 편안한 느낌, 혹은 하늘을 날아가는 자유로운 느낌이라 했지만, 사실 몰입은 지독한 고통을 수반하는 일이기도 하다.

그것이 기쁨이든 고통이든 몰입은 대상과 자신을 하나로 일체화한다는 점에서는 같은데, 예부터 선지식들은 물아일체를 인식의 최고 단계로 두고 이 경지를 얻기 위해 때로는 육체를 희생하기도 했던 것이다.

한국으로 돌아온 기연은 회사에 연락하지 않은 채 자신의 방에 칩거했다. 회사에 나가 일상에 빠지면 무언가 떠오를 것만 같은 이 아리아리한 느낌을 놓칠 것 같았고, 잡힐 듯 잡히지 않는 그 무엇인가를 놓치고 나면 다시는 잡을 수 없을 거라는 생각이 들었다.

휴대폰도 꺼버린 기연은 책상 앞에 앉아 깊이 심호흡을 했다. 가슴이 터져나갈 듯한 느낌이 들 때까지 숨을 한껏 들이마셨다. 배와 등이 붙을 때까지 숨을 들이마시고 내쉬기를 백 번이나 한 뒤 기연은 자아를 버리고 고요한 의식 속에서 사건을 접했던 맨 첫 장면부터 떠올리기 시작했다.

현장에서 처음 부닥친 이해할 수 없는 일은 바닥에 떨어져 있던 피해자의 귀였다. 이 잘린 귀는 국내의 다른 살인현장에서는 나타난 적이 없었기에 범인은 한국인이 아닐 거란 추측으로 이어졌다. 다음으로 마주친 낯선 장면은 목덜미에 난 네 개의 구멍이었다.

과학수사 요원은 누군가가 금속으로 만든 송곳니를 목에 박고 피를 빨았다는 이해할 수 없는 감정을 했지만, 실제 금속제 송곳니가 찍힌 사진을 제시함으로써 그것이 가능하다는 걸 증명했다. 가슴 또한 창에 찔려 현대 한국에서 벌어지는 살인과는 완전히 이질적인 것임이 분명해졌고, 형사반장도 한국에서는 일어날 수 없는 범죄임을 단정했다.

기연은 일단 여기서 자신의 생각을 되돌아 점검했다. 잘못
된 게 없다는 걸 확인한 기연은 다음 단계로 넘어갔다.

　도서관에서 이 희한한 범죄의 유형을 찾으려다 현장과 딱
떨어지는 책을 만나 저자인 펨블턴에게 메일을 보낸 건 잘한
일이었다. 저자의 답신을 통해 잘려나간 귀는 신의 말씀을
듣지 않은 이단에게 가해지는 종교적 징벌의 상징이었고, 가
슴을 관통한 창과 목의 흡혈은 중세부터 시작된 전통이란 걸
알게 되었다. 그간 김정진 교수를 비롯한 한국의 직지 연구
자들에게 가졌던 용의점을 모두 풀 수 있었던 건 수확이었지
만, 범인에 대해서는 윤곽조차 파악하기 힘들었다.

　김정진 교수는 직지를 인정하지 않으려는 구텐베르크 박
물관 측 인사들을 잠재적 용의자로 보고 있었으나 감정적 억
측일 뿐 아무런 근거가 없어 받아들일 수 없었다. 하지만 김
교수의 제안에 따라 직지박물관이 개최한 심포지엄에 참석
함으로써 사건에 한 발짝 더 가까이 다가갈 수 있었다.

　전 교수가 《남프랑스》에 남긴 스트라스부르의 피셔 교수를
만난 건 큰 수확이었다. 그는 이 세상에서 가장 확실한 방법
으로 직지와 구텐베르크의 42행성서가 같은 방법으로 주조
되었음을 밝힘으로써 직지가 구텐베르크에게 전해졌음을 알
린 영웅이었다.

그러나 그는 죽음은커녕 어떠한 위협도 받은 적이 없어 이제껏 전 교수 죽음의 원인이 직지의 유럽 전파 주장에 있다는 생각을 접게 만들었다.

생각의 오류가 하나씩 씻겨나가는 건 의미가 있었지만, 그럴수록 더욱 깊은 비밀의 심연으로 빠져들면서 더 이상 전 교수의 죽음을 둘러싼 의문을 캐내는 일은 불가능하다 생각하던 순간 펨블턴이 나타났다. 그는 전 교수가 교황청에서 전통적으로 이어져온 수법에 살해되었으며, 교수라는 신분과 학문적 성과에 비추어 의심하려야 의심할 수 없는 피셔 교수가 전 교수 죽음의 연결선이라고 추리했다. 그리고 과연 그의 추리는 들어맞았다.

피셔 교수가 전 교수의 이메일 주소를 알려주지 않은 것이나, 전 교수와 같이 로마대학교에서 서지학 박사학위를 받았다는 사실은 전 교수의 죽음이 교황청과 관련되었음을 나타내는 것이었다. 게다가 피셔 교수는 자신이 카레나의 비밀을 안다고 생각하고 위해를 가하려 그게 아니라는 사실이 드러나자 위해를 멈추었다. 이는 카레나라는 이름이 전 교수 죽음의 직접적 원인이라는 사실을 확인시켜주는 것으로서, 생명의 위험을 무릅쓰고 얻어낸 귀중한 정보가 아닐 수 없었다.

하지만 놀랍게도 아비뇽의 교수나 학자 정도로 알았던 카레나는 이미 죽은 사람이었다. 전혀 생각지도 못했던 이 충격적인 사실은 사건을 더욱 미궁에 빠뜨렸다. 게다가 피셔 교수가 체포 직전에 빠져나감으로써 비밀을 알아낼 수 있는 단 하나의 열쇠마저 사라져버리고 말았다. 전 교수 살해범을 찾고자 시작되었던 이 추적은 이제 범인을 찾는 일 외에 깊숙이 감추어진 교황청의 비밀이 무엇인지로 확장되었다.

여기까지 지난 시간의 장면들을 이어온 기연은 앞으로 자신이 무엇을 할 수 있을지, 무엇을 해야 할지 생각을 이어갔다.

카레나는 누구일까. 그리고 전 교수는 어떤 경로를 거쳐 카레나라는 이름에 도달한 것일까.

기연은 반드시 해낼 수 있다 믿었다. 자신은 스트라스부르와 아비뇽까지 갔다 왔으니 전 교수보다 훨씬 유리한 조건을 가진 셈이었다. 물론 교황청의 비밀수장고를 정리하는 작업을 했을 것으로 보이는 전 교수와 달리 자신에게는 교황청에 대한 내밀한 경험이 없다. 하지만 이제껏 얻은 정보들을 잘 조합하면 반드시 그가 도달했던 곳에 닿을 수 있을 거라고 기연은 스스로를 격려했다.

기연은 카레나를 둘러싼 미스터리는 모두 아비뇽에서 시작되고 있다는 사실을 깨닫고는 아비뇽 관련 정보를 빠짐없이 노트에 써내려갔다.

1. 카레나는 아비뇽과 관련이 있는 사람이다.

2. 아비뇽에는 세낭크 수도원이 있고, 이 수도원에는 코리 아에서 온 두 승려에 관한 전설이 있다.

3. 아비뇽 교황청 박물관에는 구텐베르크보다 11년 앞선 1444년에 금속활자를 이용해 인쇄를 했고 사람들에게 주물사주조법을 강의한 발트포겔이라는 인물에 대한 시 청 기록이 있다.

4. 발트포겔은 세낭크 수도원을 비롯해 아비뇽 인근의 가 톨릭교회 일을 하던 사람으로 구텐베르크와도 연결점이 있다.

5. 카레나는 전 교수의 죽음을 불러온 교황청의 비밀과 관 련이 있다.

기연은 2항과 3항이 금속활자와 연관되었을 가능성에 주목했다. 세낭크의 전설이 직접적으로 금속활자를 말하고 있지는 않지만, 전설이니만큼 자구 하나까지 정확할 수 없 는 일이라 봐야 한다. 그렇다면 아비뇽 근교에 위치한 세낭 크 수도원의 두 승려에 관한 전설은 금속활자를 가지고 온 사람들이 수도원에 머물렀다는 얘기 정도로 받아들이면 문 제가 없을 것이었다.

그리고 같은 아비뇽의 발트포겔이 주물사주조법으로 인쇄를 하고 그 기법을 가르쳤다는 사실은 수도원을 방문한 코리아 승려의 전설과 이어질 만한 것이었다. 기연은 일단 현재까지 드러난 모든 정황이 중세를 가리키고 있기 때문에 카레나를 이 시대에 대입해보기로 했다. 카레나가 동방에서 금속활자를 가지고 아비뇽에 도착해 발트포겔에게 전수했다는 과감한 가정을 해보기로 한 것이다.

기연은 이 가정에 2항을 좀 더 구체적으로 넣어보았다. 금속활자를 가지고 온 카레나가 도망친 뒤 발트포겔을 만나 금속활자를 전했다고 추측해도 큰 무리가 없어 보였다. 하지만 카레나가 동방으로부터 금속활자를 가지고 온 사람이라 가정할 경우 시종일관 걸리는 게 있었다. 바로 카레나가 여성일 가능성이 아주 높다는 사실이었다.

"어!"

기연은 갑자기 떠오르는 생각에 급히 꺼두었던 휴대폰을 켜 세낭크 수도원에서 녹음했던 대화를 재생했다.

－그럼 그 도망친 승려는 어디로 갔나요?

－그 뒷얘기는 없습니다. 다만 바티칸의 추기경님이 그 후 여기 세낭크 수도원과 인근의 고르드 수녀원을 자주 방문하

셨는데, 아무래도 그 일과 관련이 있지 않을까 하는 소문이 돌았다고 해요. 추기경님이 오시는 건 아주 드문 일이거든요. 아니, 생전 없던 일이거든요.

"고르드 수녀원!"

세낭크 수도원 인근에 고르드 수녀원이 있었다는 얘기는 카레나가 여자일 수 있다는 가능성을 높이고 있었다. 하지만 기연은 먼저 카레나를 남자로 단정해보았다. 그럴 경우 두 사람의 승려 중 도망쳤다는 한 사람이 카레나일 가능성이 있었고, 이 사람이 발트포겔에게 금속활자 주조법을 가르쳐주었을 것이다. 그렇게 생각하니 그럴듯한 추론으로 여겨져 편하게 받아들일 수 있었다.

당시 여자가 금속활자 주조법을 알 리 없고, 무엇보다 1450년경에 고려시대든 조선시대든 여자가 그 멀고 험한 길을 걸어 유럽까지 갔다는 건 불가능해 보였기 때문이다. 하지만 카레나를 남자라 생각하니 거부감도 생겼다. 우선 이름이 맞지 않는다는 이질감이 컸다. 레나라는 이름 앞에는 무엇을 붙여보아도 헬레나, 아레나 등과 같이 여자 이름으로만 쓰여 카레나 역시 감각적으로 분명한 여성의 이름인데 남자로 가정하기가 편하지 않았다.

무엇보다도 이 사건이 교황청에 얽힌 음모이고 비밀이라면, 500년도 더 전에 수도원에서 승려 한 사람 죽인 게 현대에 이르러 살인을 저지를 정도로 치명적인 비밀일까 하는 의구심을 지울 수 없었다. 하지만 여자라면 남자에 비해 훨씬 복잡한 내막이 있기 쉬웠고 교황청의 검은 비밀이 될 소지가 더 많은 것이었다.

수사의 얘기는 기연의 이런 생각을 뒷받침하는 것이었다. 생전 오지 않던 바티칸의 추기경이 두 승려의 죽음 이후 세낭크 수도원과 고르드 수녀원을 자주 찾았다는 사실은 특별한 의미로 다가왔다.

추기경이란 바티칸에서 교황을 보좌하는 신분으로 바티칸 내부의 여러 청을 관할해야 하는데 교황의 환궁 이후 껍데기만 남은 데다 멀고 먼 아비뇽까지 올 수 있는 사람이 아니었다.

기연은 카레나를 여자로 단정해보았다.

"아!"

카레나가 여자라는 생각을 굳히자 기연의 뇌리에 확 깨달아지는 게 있었다.

카레나.

확실히 이 이름은 트로이 전쟁의 원인이 되었던 절세미녀 헬레나의 별칭 혹은 애칭인 '레나'라는 유럽의 전통적 이름 앞에 '카'를 붙인 것으로, 이 '카'는 어쩌면 코리아에서 따온 이름일 가능성이 있었다. 기연은 수사의 얘기를 최대한 단순화해서 정리해보았다.

ㅡ교황이 동방에 보낸 선교단이 돌아오면서 코리아의 두 승려를 데려왔다. 두 승려는 어떤 이유에선지 머나먼 세냥크 수도원에 보내졌다. 그런데 한 사람은 살해되었고 한 사람은 도망쳤다. 그 후 바티칸의 추기경이 세냥크 수도원과 고르드 수녀원을 계속 찾아왔다.

"흐음!"
이 이야기는 물론 그대로 받아들일 수 없는 500년도 더 된 전설로, 설혹 뼈대가 되는 사실이 실제 있었다 하더라도 무척 변형되었을 것이었다. 하지만 관심을 확 잡아당기는 부분이 있었다. 바로 추기경이 두 승려가 사라진 이후에도 계속 수도원과 수녀원을 찾았다는 이야기였다. 기연은 이 얘기에 기인해 여러 경우를 가정해보았다.
전설 그대로 두 사람의 승려가 와서 한 사람은 죽고 한 사람은 도망했을 경우, 승려는 없고 교황 혹은 그 누군가로부터 카레나라는 이름을 받은 코리아의 한 여인이 왔을 경우를 모두 상정해보던 기연의 눈이 빛났다.

"아니야, 승려는 없어!"

기연의 입에서 자신도 모르게 자신감에 가득 찬 목소리가 터져 나왔다. 기연은 자리에서 벌떡 일어나 몇 번이나 "승려는 없다!"라고 소리치며 방 안을 걸어 다녔다. 기연의 이 외침에는 진실을 찾았다는 기쁨 못지않게 그간 은근히 느껴왔던 열등감에서 벗어나는 해방감이 짙게 배어 있었다. 그 열등감은 물론 전 교수로 말미암아 생긴 것이었다.

스트라스부르와 아비뇽까지 다녀오고도 전 교수가 안방에서 찾아낸 카레나의 진실에 다가설 수 없었다는 사실은 그간 기연을 무겁게 짓눌렀다. 하지만 이제 자신이 스스로 추리해서 멋지게 해냈다는 기쁨으로 기연은 몸이 둥실 날아오르는 것만 같았다.

기연은 세낭크 수도원의 수사가 들려준 전설에 합리적 추론을 더해 당시의 역사적 사실을 유추해보았다.

―1444년 코리아의 한 여인이 교황청의 선교단을 따라 로마 바티칸으로 갔다. 여인은 '코리아에서 온 여자'라는 뜻으로 카레나라는 이름을 얻었다. 금속활자 인쇄술을 알고 있었던 카레나는 아비뇽 인근 고르드 수녀원에 유폐되었고, 아비

농의 가톨릭교회와 거래하던 발트포겔이 카레나로부터 금속 활자 인쇄술을 배워 사업을 했다. 그리고 그것은 그의 지인 구텐베르크에게 전해져 42행성서가 만들어졌다. 세낭크 수도원의 두 승려 이야기는 카레나를 숨기기 위한 장치로 만들어진 전설일 가능성이 크고, 무슨 이유에선지 바티칸의 추기경이 고르드 수녀원으로 카레나를 계속 찾아갔다.

기연이 이렇게 세낭크 수도원의 전설을 새롭게 정리한 데는 물론 바티칸의 추기경이 고르드 수녀원을 계속 찾아왔다는 이례적인 사실이 큰 역할을 했다. 전설은 그 자체로 모순을 가지고 있었는데, 세낭크 수도원에 두 사람의 승려가 왔다는 사실과 추기경이 수도원과 수녀원을 찾아왔다는 사실이 상충했다. 즉 추기경이 이미 죽어버린 승려나 도망쳐버린 승려 때문에 세낭크 수도원을 계속 찾을 리는 없다. 그렇다면 세낭크 수도원의 등장이나 두 승려의 전설은 드러내기 싫은 하나의 사실을 가리고자 만들어진 이야기일 가능성이 큰 것이다.

이렇게 생각하자 문제는 또다시 가리고 싶은 그 사실이 무엇인지로 귀착되었고, 기연의 모든 신경은 그리로 집중되었다. 전 교수의 죽음을 불러온 드러내기 싫은 사실. 기연은 이제 전혀 다른 차원에서 자신과 전 교수 사이에 가로놓인 커다란 장벽을 온몸으로 느낄 수 있었다. 자신이 여기까지 추리할 수 있었던 건 스트라스부르와 아비뇽을 방문하여 얻은 지식과 펨블턴의 도움 덕분이었다. 하지만 한국을 떠난 적이 없는 전 교수가 카레나에까지 이른 건 자신과는 다른 경로를 통한 것일 터였다. 그것이 전 교수가 로마대학교에 오래 있었다는 사실과 교황청 수장고 작업을 했기 때문이라는 데 생각이 미친 기연은 전 교수와 피셔 교수가 처음 조우했을 때의 모습을 상상해보았다.

두 가지 경우가 떠올랐는데, 하나는 전 교수가 피셔 교수의 직지 관련 논문 등을 접하고 그에게 직접 연락했을 경우였고, 또 하나는 누군가 전 교수와 피셔 교수를 연결해주었을 가능성이었다. 곰곰이 생각하던 기연은 피셔 교수가 전 교수에게 치명적 비밀을 누설했을 리 없다는 판단을 내렸다.

사람을 죽여서라도 비밀이 알려지는 걸 막아야 한다고 생각한 피셔 교수가 자진해서 전 교수에게 비밀을 털어놓는다는 건 모순이다. 그렇다면 전 교수는 이미 피셔 교수와 인터넷을 통해 조우하기 전에 그 누군가를 통해 카레나의 비밀을 어느 정도라도 알고 있었다고 보는 게 논리적이다. 아마도 그 누군가는 바티칸에 있는 사람으로, 전 교수나 피셔 교수와는 로마대학교를 통해 맺어진 사람일 것이다. 이렇게 생각하자 기연은 새삼 아쉬운 생각이 들었다.

카레나가 중세의 여인일 수 있다는 생각만 했어도 펨블턴의 함정을 이용해 사건의 실체에 바짝 다가섰을 텐데, 마지막 순간에 피셔 교수를 놓친 건 아쉽기 짝이 없는 일이었다. 그날 자신이 카레나를 만났다고 하자 기묘하게 변하던 피셔 교수의 표정을 떠올리던 기연은 돌연 참을 수 없는 웃음을 터뜨렸다.

"호호호호!"

일은 망쳤지만 웃지 않을 수 없었다. 이미 500년 전에 죽은 사람을 만나 얘기를 들었다며 천연덕스럽게 말하는 자신을 보고 피셔 교수가 느꼈을 기분은 생각만 해도 폭소가 절로 터져 나오는 것이었다. 한참이나 웃음을 참지 못하던 기연은 갑자기 웃음을 딱 그쳤다. 또다시 어떤 생각이 번개처럼 머리를 스친 때문이었다.

"음."

그렇다면 같은 방식으로 한 번 더 해볼 수 있는 게 아닌가. 피셔 교수가 전 교수를 살해하는 일에 가담했다 해서 피셔를 소개한 사람도 당연히 살해에 관련되었다 생각할 수는 없는 일이었다. 오히려 전 교수가 자신이 위험에 빠졌다는 생각을 전혀 하지 못한 상태에서 갑작스레 죽임을 당했다면, 전 교수를 피셔 교수에게 소개한 사람도 전 교수의 죽음을 모를 수 있었다.

다음 날 아침 기연이 향한 곳은 전형우 교수의 집이었다.

끼이익 —

오랫동안 잠겨 있던 집이라 그런지 기연이 열쇠를 비틀자 철제대문이 기분 나쁜 소리를 내며 특별한 방문객을 맞았다. 기연은 사건 당시의 핏덩어리로 얼룩진 광경을 떠올리지 않으려 일부러 콧노래를 불렀지만, 전 교수가 살해된 서재에 들어서자 얼어붙지 않을 수 없었다. 이제껏 보아온 것 중 가장 참혹한 살인의 기억은 과도한 상상을 불러일으키며 오히려 생생한 현장을 목도할 때보다 더 무겁게 기연의 발걸음을 붙들었던 것이다. 하지만 기연은 애써 태연히 전 교수의 컴퓨터 앞에 앉았다.

이미 팀장과 함께 살피긴 했으나 그때는 무엇을 찾아야 할지도 모른 채 척 보아 범죄의 냄새가 나는 것만 주마간산 격으로 훑었고, 그것도 팀장이 했었기에 사실 그리 믿음이 가지 않던 터였다.

물론 자신이 《남프랑스》에 적힌 메모를 보고 다시 한번 메일을 열기는 했으나 피셔 교수와 카레나에만 집중했기 때문에 빈틈없이 조사했다고 생각할 수 없는 일이었다. 기연은 심호흡을 한 번 한 뒤 전 교수의 메일에 들어갔다. 전 교수는 부인이 말한 네이버 외에 다음과 구글 계정도 사용했는데 부인이 말한 대로 세 사이트에서 동일한 아이디와 패스워드를 쓰고 있었다.

아무것도 몰랐던 지난번과는 달리 이번에는 얻을 게 많을 거라 잔뜩 기대하고 메일이든 파일이든 샅샅이 찾아 다 읽었지만 사건과 연관이 있다고 의심할 만한 내용은 전혀 찾을 수 없었다.

"흐!"

기연은 결국 실망스런 탄식을 흘리며 컴퓨터에서 물러서고 말았다. 이제 마지막 방법은 전 교수가 걸었던 길을 그대로 따라가보는 것뿐이었다. 기연은 이를 위해서는 자신이 전 교수와 똑같은 학력과 경력을 가진 사람이 되어야 할 뿐 아니라 전 교수와 똑같은 생각의 행로를 걸어야 한다고 생각했다. 물론 컴퓨터 또한 전 교수의 것을 써야 할 것이었다.

삐리릿!

혹시 연관검색어나 자주 쓰는 검색어 기능 등을 통해 단서를 찾을 수 있을지 모른다는 생각으로 가능한 모든 사이트의 검색창에 카레나와 바티칸 수장고 등을 낚시질하듯 넣어보며 시간을 보내던 기연은 전화벨이 울리자 반색했다.

"네, 교수님. 맞아요. 철제대문 집이요."

대문을 밀고 기연의 이름을 부르며 걸어 들어온 사람은 서울대학교 안 교수였다.

"잘 찾아오셨네요. 여기까지 오시게 해 죄송해요."

"마이 플레저. 그런데 여기가 사건이 일어났던 방이야?"

"네. 무서운 곳이에요."

안 교수는 이내 두 손을 모으고 짧은 기도를 올린 다음 호기심 가득한 눈길로 방을 가득 메운 책을 둘러보며 탄성을 내뱉었다.

"알렉산드리아 도서관에 온 것 같은 기분이네. 이렇게나 공부를 많이 하신 분이……. 그런데 도대체 범인이 어떤 자야?"

"이제부터 찾으려고요. 이제껏 오리무중이었는데 안 교수님이 도와주시면 가능할 수도 있어요."

"글쎄, 마침 시간도 되고 해서 도움 주려고 오긴 했는데 내가 뭘 할 수 있을지는 모르겠어."

"밀라노에서 박사과정을 하셨잖아요."

"그렇긴 하지."

"전 교수님은 로마대학교에서 박사학위를 받으셨어요."

"알고 있어."

"죄송하지만 여기 컴퓨터 앞에 앉아서 제가 부탁하는 대로 좀 찾아주실래요?"

"그래, 그 짓 하려고 여기 왔지."

기연은 안 교수가 컴퓨터 앞에 앉자 처음 사건을 대했을 때부터 유럽에 갔던 일까지 상세히 설명했다.

"전 교수님은 로마대학교에서 박사학위를 받으셨고 논문 제목은 〈바티칸 수장고 공개의 제문제 – 계량서지학적 관점 에서〉예요."

"논문을 찾으려는 거야?"

"논문 자체를 읽으려는 게 목적이 아니고 논문에 보면 누구누구에게 감사한다든지 누구누구의 도움을 받았다든지 하는 인사말이 있잖아요."

"있지."

"그리고 지도교수랑 논문 심사를 해준 교수들의 이름도요."

"다 쉽게 찾을 수 있는 것들이야. 아마 고려대학교에서도 금세 찾을 거야."

"알아요. 그런데 그게 목적이 아니고 그런 주변 정보들을 이용해 한 사람을 찾으려는 거예요."

"이름이 뭔데?"

"이름은 몰라요. 다만 로마대학교 문학부와 바티칸 수장고 혹은 로마대학교 서지학 전공 등 전형우 교수의 모든 신상정보를 이용해 그와 인연이 있으면서 바티칸 수장고에 관한 깊은 정보를 얘기해줄 만한 사람을 찾는 거죠. 서지학이라는 전공이 워낙 드문 데다 로마대학교가 원래 바티칸에서 설립하고 오랜 기간 운영한 걸 생각하면 양쪽에 겹치는 사람이 나올 가능성이 커요. 제가 해봤는데 이탈리아어를 모르고는 불가능한 일이더군요."

"게다가 바티칸에서는 라틴어만 써."

"하여튼 부탁할게요."

"지난번엔 라틴어 노예, 오늘은 이탈리아어 노예로 부려먹네. 그런데 그걸 꼭 이 불길한 장소에서 해야 해?"

"전 교수님은 어떤 경로를 거쳐 카레나라는 이름에 도달한 것일까? 이 생각을 내내 하다 보니 어쩐지 여기서 해야 할 것 같은 기분이 들어서요."

"알았어. 그런데 저기 딴 데 좀 가 있을래? 이렇게 옆에 꼭 달라붙어 있으면 일에 집중이 안 될 거야."

기연은 웃으며 일어났다.

"알겠어요."

기연은 자리에서 일어나 컴퓨터 키보드 두드리는 소리를

뒤로하고 휴대폰에 저장한 현장사진부터 직지박물관의 사진들, 스트라스부르와 마인츠에서 찍은 사진들을 보며 사건을 몇 번이나 곱씹고 곱씹었다.

온갖 추리와 상상에 지루해진 기연은 지난번처럼 혹시 책 속에서 카레나라는 이름을 발견할 수 있을까 하는 기대랄지 포부를 품고 책장의 모든 책을 뽑아보기 시작했다.

안 교수는 전혀 맥을 잡지 못하는지, 아니면 뭔가 의미 있는 정보를 끌어내고 있는지 고개를 파묻은 채 열심히 키보드를 두드려대고 있었다. 기약 없이 책을 떠들어 보는 것도 지치고 안 교수의 길고 긴 침묵에도 지친 기연이 그만하자는 말을 내뱉으려는 순간 안 교수의 음성이 귀에 꽂혔다.

"파블리오 인데르노."

한 마디 불평 없이 무려 세 시간 이상 작업에 몰두하던 안 교수가 허리를 쭉 펴며 허공에 내뱉은 이름에 기연은 얼른 컴퓨터 앞으로 다가섰다.

"어떤 사람이죠?"

"바티칸 수장고 관리신부야. 로마대학교 신학부에 다니던 시절 전형우 교수와 찍은 사진이 있네. 꽤 정다워 보여."

기연은 너무나 반가워 소리를 지르며 모니터에 떠 있는 한 장의 사진을 눈길 속으로 빨아들였다. 두 청년이 어깨동무를 하고 찍은 사진이었는데 한 사람은 분명한 한국인이었다. 자세히 보니 나이 차이는 있어도 장례식장에서 본 전형우 교수의 사진과 닮은 점이 분명히 있었다.

"이분이 현재 바티칸 수장고 관리신부예요?"

"분명해. 여러 군데서 확인했어."

"이 사람에게 메일을 보낼 수 있어요?"

"그럴 줄 알고 찾아봤는데 바티칸 수장고와 관련된 사람들 메일 주소는 전혀 나오지 않아. 하지만 로세르바토레 로마노로 보내면 될 것 같아. 교황청에서 발간하는 일간 신문인데 이분이 여기서 독자들 문의를 받고 있어."

"아, 안 교수님, 정말 최고예요. 어쩌면 이토록 완벽하게 제가 바라는 걸 해주실 수 있어요."

"다 된 거 같지 않은데. 내가 편지 한 장 써줘야 하는 거 아냐?"

"맞아요."

"뭐라고 써? 불러봐."

기연은 이미 머릿속에 넣어두었던 문장을 또렷한 목소리로 한 음절 한 음절 내보냈다.

(2권에 계속)

직지 아모르 마네트 1

2019년 8월 1일 초판 1쇄 | 2024년 7월 31일 88쇄 발행

지은이 김진명
펴낸이 이원주, 최세현 **경영고문** 박시형

기획개발실 강소라, 김유경, 강동욱, 박인애, 류지혜, 이채은, 조아라, 최연서, 고정용, 박현조
마케팅실 양봉호, 권금숙, 양근모, 이도경 **온라인홍보팀** 신하은, 현나래, 최혜빈
디자인실 진미나, 정은예 **디지털콘텐츠팀** 최은정 **해외기획팀** 우정민, 배혜림
경영지원실 홍성택, 강신우, 김현우, 이윤재 **제작팀** 이진영
펴낸곳 (주)쌤앤파커스 **출판신고** 2006년 9월 25일 제406-2006-000210호
주소 서울시 마포구 월드컵북로 396 누리꿈스퀘어 비즈니스타워 18층
전화 02-6712-9800 **팩스** 02-6712-9810 **이메일** info@smpk.kr

© 김진명(저작권자와 맺은 특약에 따라 검인을 생략합니다)
ISBN 978-89-6570-832-2(04810)
ISBN 978-89-6570-834-6(세트)

• 이 책은 저작권법에 따라 보호받는 저작물이므로 무단전재와 무단복제를 금지하며, 이 책 내용의
  전부 또는 일부를 이용하려면 반드시 저작권자와 (주)쌤앤파커스의 서면동의를 받아야 합니다.
• 잘못된 책은 구입하신 서점에서 바꿔드립니다.
• 책값은 뒤표지에 있습니다.

쌤앤파커스(Sam&Parkers)는 독자 여러분의 책에 관한 아이디어와 원고 투고를 설레
는 마음으로 기다리고 있습니다. 책으로 엮기를 원하는 아이디어가 있으신 분은 이메일
book@smpk.kr로 간단한 개요와 취지, 연락처 등을 보내주세요. 머뭇거리지 말고 문을
두드리세요. 길이 열립니다.